祁连山下有牧场

吴莉 著

天津出版传媒集团

百花文艺出版社

图书在版编目（CIP）数据

祁连山下有牧场 / 吴莉著 . -- 天津 ： 百花文艺出
版社，2025. 7. -- ISBN 978-7-5306-9176-2

Ⅰ . I267

中国国家版本馆 CIP 数据核字第 2025JH1347 号

祁连山下有牧场

QI LIAN SHAN XIA YOU MUCHANG

吴莉　著

出 版 人：薛印胜
责任编辑：张　雪
装帧设计：吴梦涵
出版发行：百花文艺出版社
地址：天津市和平区西康路 35 号　　**邮编**：300051
电话传真：+86-22-23332651（发行部）
　　　　　　+86-22-23332656（总编室）
　　　　　　+86-22-23332478（邮购部）
网址：http://www.baihuawenyi.com
印刷：三河市嵩川印刷有限公司
开本：880 毫米×1230 毫米　1/32
字数：180 千字
印张：8.25
版次：2025 年 7 月第 1 版
印次：2025 年 7 月第 1 次印刷
定价：58.00 元

如有印装质量问题，请与三河市嵩川印刷有限公司联系调换
地址：三河市杨庄镇肖庄子
电话：（0316）3654999　邮编：065201

前言

　　我们一直在保护和修复祁连山生态，包括我的父辈、我父辈的父辈，一直往上到更早。我们生活在祁连山下，世世代代靠祁连山生活，祁连雪水养育着我们，养清澈了我们的反哺之心，滋润我们的灵魂清凉到雪融。

　　牧场养的不只苍生，还有苍生的性格与精神、貌相和热血、历史及文化，以及苍生的动态与静态、幸福和苦难、时间里每一微米的沉淀。而所有苍生所营造的，近是国之大体器，远是地球自然生态与地理共同平衡与富有。

　　荣幸成为修复牧场的一员，我认为是我的命运，是我父辈寄托的愿望，某一天传递了我接力棒。而同时接棒的，是祁连山南北两麓的人们，多得像牧场里的牛羊，生在哪里，就保护和修复着哪里。我与我的团队在祁连山北麓的牧场、甘肃版图范围内治理修复，有时也到南麓去，全由工作任务而派遣。我们只是其中的一分子，也是参与和记录祁连牧场的一个支流，在用影像和文字，把这个曾经偏僻荒凉，少有文字记录细部和经验的地方，尽可能清晰地留给更多的人，把我们手里的接力棒传下去。

山丹马场在祁连山下，土地肥沃，水草丰盈，古时作为皇家马场闻名于世。20世纪50年代，时值社会主义建设时期，马场人不畏艰苦，充分发挥主观能动性，利用地理资源创造条件，开垦农田，兴修水利。然而随着全球气候变化以及当地过度开发，祁连山生态环境发生退化，地域气候受到影响。自2012年起，国家启动相关修复保护项目，"中农发山丹马场有限责任公司2021年河西走廊生态保护和修复项目"正是其中之一。

2022年4月，作者跟随项目团队，投身于山丹马场草原生态修复治理，以山丹马场为"主阵地"，忠实记述团队攻坚"一万亩种草，一万亩围栏，一万亩灭鼠，一万亩灭虫"的祁连山生态修复全过程。《祁连山下有牧场》既反映了甘肃省坚持"绿色转型"，积极探索社会主义现代化发展道路的坚定决心，也体现了山丹马场草原生态修复治理的艰难与决心，是对地方践行党的二十大精神，坚持科技创新，绿色转型，走出符合新时代中国特色社会主义现代化要求的乡村振兴路子的忠实记述。

一

马场在山丹，在祁连山下，离祁连山生态核心区还很远。没错，马场在祁连山的脚背根，山丹城在脚趾头上。这只是个比喻，其实祁连山的腿脚更长，跑死马也跑不到头。

然而，就算真跑死马，也得跑。因为我有幸加入了中农发山丹马场2021年中央财政草原生态修复治理项目——一万亩种草，一万亩围栏，一万亩灭鼠，一万亩灭虫。2022年夏天实施，地点是山丹马场一场。

4月下了一场大雪，山丹马场盖上了春天的棉被。祁连山生态保护修复工作无法进行，只能等到雪化以后。5月，我与王延、杨琪去马场一场对接工作。马营以上被厚厚的积雪包裹起来。正是农忙时节，人们着急的是，雪盖住了土地，干不成农活儿。而庆幸的是，又下了一场厚雪，地不会过于干硬了。尽管如此，初夏的山丹依然没有走出春天，树木刚刚变绿，庄稼没有盖住地面。

去马场的公路叫山马公路，前方横亘着祁连雪山。难得春天降雪，祁连山像白色滚龙，东西纵横打滚，以劲爆的方式，滚出春天降雪的亢奋。又像蛟龙闹海，掀起的高潮晶莹剔透，在高高的山顶，对着蓝天亲密表白。

过马场总场，到场部取合同。我是第一次走进总部大院，多少有些兴奋和好奇。马场现在的总称是——中农发山丹马场有限责任公司。老式的四层行政楼，楼顶飘扬着五星红旗。三层与二层之间的墙上有一排红色大字，大门口的墙上挂着一个圆形的、奋发跃起的马头，下面写着"丹马"二字。院内有松林，松林之间的过道宽敞明亮……

一场场长正在接待总场项目部经理及其下属，让我们在里间等着。里间有一张单人床，干净却冷清，显然没人用过。床前有一个衣帽架，挂着一件外衣与一顶太阳帽。外衣显然刚挂上去，太阳帽肯定是去年挂上的——目前早晚要戴棉帽呢。房间里没有暖气，窗台下是个空架子，没有暖气片。要不是太阳从窗子里照进来，这房子不知有多冷。海拔3000米的一场，五月里有人还穿棉袄，这么冷的办公室怎么办公？场长却穿着半截袖，慈祥地笑着。

总场项目部经理要求严格，他讲为什么要种草，怎样才能在地势险峻的地方正常撒播，怎样把种子播入一定深度而不伤原生植被……他讲得轻松，我们却听得绷紧了神经。王延和杨琪拿出我们团队的品格和社会信誉做保证，同时还拿出我的《哈尔腾之梦》。他们显得很惊讶——做项目还能写出书来，而且是与项目紧密相关的文学书。一场项目办主任说："这次也给我们写一本吧。"出乎我的意料，有点措手不及。我犹豫了一下，说："我试试吧。"其实我早有准备，要写一本修复祁连山生态的书。

我总认为，马场人优越感很强，让人忍不住想和他们较真，又胆怯他们会鸡蛋里挑骨头。这种优越感我也有过，因为山丹马场就在我的家乡。祁连山与河西走廊闻名世界，也在我的家乡。

项目要求必须航拍，相机和手机同时跟上，而且水平要高，必须达到专业水平；要有开工仪式，领导要验收备工情况、强调注意事项、检验施工人员技术技能；要统一穿防护服，尤其灭鼠和灭虫时，原则上要求全程都穿，无论天热与否；项目材料要检验，牧草种子他们要送到省里检验后才能验收；围栏的网片和水泥立柱要取其样品，送有关部门化检；草出苗率最低达到70%，由乙方保育两年，第二年成活后验收通过……

饭间，我们谈到西大河水库里的高原裸鲤，是国家保护鱼类，在冷水里生存和繁殖活跃。那晚，我梦到高原裸鲤，两三根手指宽，盘里只能放三条。明知是国家保护鱼类，有人还在捕捞；也说是六七月裸鲤产卵，死去很多，捞来的死鱼，照样鲜美。

梦醒之后，便是一个新的开始，也是一个未知的、充满期望的挑战——祁连山生态修复就此开始。

二

　　王延是我丈夫，我们开夫妻公司，每次野外工作都让我去当队长。杨琪是我们的合伙人，社交能力强，口才极好，但不懂专业。王延把一场的项目包给他大哥王云，之前没跟我提起过，他说这也是杨琪的意思。而他们正是我精挑细选的队员，野外工作的能力和责任心无可挑剔。我问王延："那还要队长吗？"他说："不要也可以。"我问："那我去干啥？"他说："你干你该干的。"他的意思是，我去写日记就行了。他当然也是怕我和他大哥之间产生矛盾，在哈尔腾就是如此。他们认为我思考问题和对待问题过于认真。

　　我说："既然没我的工作，何必跟着他们？有必要吗？你不怕人说我是'奸细'？"王延怒了，说我总是把人想得太坏。不想和他辩解，因为大西北的男人总是忽略女人的感受。"如果只是去写日记，我还怎么融入？有一双眼睛盯着他们，他们会感到自在吗？"王延说："有啥不自在的，各干各的，谁还会在意你？"我们已经吵了起来。王延说我想得太复杂了。事实上，他根本不会相信承包活儿的人会有私心，或者偷工减料；他只相信承包活儿的是他哥。

5月16日早晨，我们拉了一四轮子行李，王云开着先走，我和曹明、曹娟开着小车随后。从县城西门外的双桥村出发，到一场要两个小时。四轮子走得慢，得四个小时。我们超过王云，提前到达一场。正好是中午休息时间，下午上班才能联系工作，我们便先找住的地方。

车停在牧马人宾馆门口，院子里不见人，堆放着帐篷和木头，乱糟糟的，像才准备开业（这里的大部分宾馆只有半年营业期，因寒冷期长，游客极少，养不住生意）。对面是马场一场家属楼，窗户上贴着电话号码和"民宿"二字，有点像那年去过的青海祁连县，好多民居改成了民宿，专门出租给游客。一位胖大嫂带我们去看她家平房，问我们是干啥活儿的。我告诉她我们是做招标项目的。她说："你们是标哈的？我们这里每年都来标哈的人。"我们都笑了起来。

曹明看着平房问大嫂："厕所在哪里？"大嫂说："等会儿带你们去看。"一个男人问女人厕所在哪儿，是不是跑题了。曹娟说："我们在永昌种洋芋的时候，住的地方没有厕所，可把我们害惨了。"大嫂的房子又阴又潮，还破旧，关键是没有停车和卸放物资的地方，不适合我们租住。

最后场长把我们安排在工程队的院子里。工程队的房子仍然破旧，窗户玻璃烂了，窗扇七扭八歪，房子里堆满了垃圾。好的一点是院子大，前后能停车，卸放物资也安全方便。

"有个遮风的地方就行了。"曹明说。

"就这还是场长的照顾，来迟的人还挨不上呢。"王云说。

住在院里的老王两口子既是看院子的，又是居家过日子的。他们养着三只鸡，四只羊羔，五匹马。后来才知道，他们还养着一只狗，一群羊。狗在后院，羊群带到了别人的牧场。狗看护着家人和家畜，也看护着整个院子。

老王以前是马场的职工，后来去了嘉峪关当工人，夫妻长期两地分居。媳妇要边种地边照顾两个女儿，他只好停薪留职，回来照顾家人。五匹马夏天供游客骑，一年也是一大笔收入。老王给我们腾房子。走道和房子里又乱又脏，老王却口口声声说："媳妇太忙了，没时间打扫卫生。"

我们有一间大房子，一间小房子。大房子的外面有一个小厨房，厨房里有三四个陶瓷大缸。老王说："我们冬天在缸里冻肉。杀一只羊，或一头牦牛，冻在缸里盖严，不变味，也不怕老鼠。"走道里还有缸，大的小的沿墙乱放。缸盖上放着各种各样熟的或半熟的肉，这一点让人羡慕，但他们肥胖的身材又让人看着都感到费劲。有几个空缸，老王说："你们可以用。"曹娟说："那就盛水吧，盛水的缸上放案板，擀起面来稳当得很。"

楼道里码着烂脸盆、脏桶子、锈斧头、破塑料，地板已经看不清颜色了，光线也变得狭长而阴暗……

由于太冷，住的地方没收拾好，晚上我们回城，明早安营扎寨，正式开工。

三

曹明瘦得厉害，掉了两颗门牙，说话走风漏气，转眼变成了他们说的小老头儿。听说他去年到广州打工，连续吃米饭，实在受不了就辞工返乡。大部分人都瘦了，曹明到现在也没有吃胖。两颗门牙在哈尔腾草原种草时，不小心被李斌砸了一油桶，摇晃了两年多，前两天脱落了，还没来得及去补，又要来马场干活儿。这里的工期最短一个月。王云和李斌对他说："就让你那大开门开上一个月吧，又不妨碍干活儿。"曹明的老婆房嫂子说："自从掉了牙，吃饭慢下来了，估计吃不出个味道来。"

院子里到处是木头和碎柴，我们还拉来了两袋子柴。后面有若干旧砖房，窗户破了，显得房里像个黑洞。后院里有大马圈，只有老王的五匹马，圈大马少却也宽绰。四只小羊羔跑来跑去，黄头白身，和山丹常见的羊羔不像，看着体大头长，像欧拉羊。老王和李斌都说是"掏羊"，掏东西的

"掏"。我想应该是洮羊吧，洮河一带繁育的品种。一只大红公鸡毛色发亮，体大神气，像是审视我们，又像接纳我们；两只老母鸡围着它咯咯咯地叫，它理都没理，只是看着我们。

老王愁容满面，一再问我们是不是来建围栏的。我说围栏也建，还有其他的活儿。我以为他不喜欢被人打搅。他却嘟嘟囔囔地说："围栏一建，我的马就没地方放了。"

我问他："你没有牧场吗？"

他说："我三十年前离开这里去外地工作，老婆娃娃没有带走。老婆是一场的职工，在农队有五十亩土地，一边种地一边照顾两个娃娃，我只好停薪留职，养了五匹马和几十只羊添补生活。由于不是马场职工，没有自己的牧场，在没有圈禁的地方放牧，我们叫作在围栏外面放牧。当然也可以租用牧场，本事大的职工把牧场租出去另谋高就，我可以租他们的牧场，但我养的牲畜不多，划不来。"

我问："养羊可以杀肉，私人养马干什么呢？"

他说："夏天供游客骑，挣几个月的骑马钱。"

我说："就在窝窝营地那儿吧？"

他说："是。"

窝窝营地门前有一大群马，专供游人骑。这是一进一场就可以骑的马，从场部后面的土路上骑过去，向右去了草原深处，向左便会合到了公路上。这条公路是一场的核心线，从场部通到祁连山里，中途经过鸳鸟湖、骠骑将军大营和槐溪小镇。骠骑将军大营那儿也有骑马，只不过旅游旺季才出来，淡季的游客被窝窝营地的骑马截走了。

我说："老王你多占便宜，不用交牧场费。"

他却忧愁，说："都圈进去了，我们这种情况可咋办呢？"

"那你租一个牧场，多养些牲口不就得了？"

他说："不行，媳妇一个人顾不过来。我要跟着骑马的游客，以防路上发生危险。剩下的马她得照管，还要继续拉生意呢。"

"那春种秋收怎么办，地上的活儿谁干？"

"地承包出去了，我们只养牲口。"他开始不耐烦，我们便不再交谈。

我们打扫卫生，各铺各的床铺。基本还是哈尔腾草原种草的那班人，但周浩没来——农忙时节，他是骨干，公司和庄稼医院离不开他。邹琴子没来——儿媳妇怀孕三个月，胎儿不发育，必须做人流，她去嘉峪关照顾儿媳妇，她的丈夫李斌来了。新增了曹娟——王云的妻子，我的妯娌。

刘桂娃，曹国文的妻子，大家都叫她刘桂娃。房新莲，曹明的妻子，我叫她房嫂子。真巧，一个队里的媳妇，都是会宁县大山里的女儿。他们住在大房子里，男女混住。三对夫妇睡三张并排的双人床，床与床之间只一胳膊宽。他们长期在外一起干活儿，就这样住在一个房子里，住成了一家人。

一场的场长交代，先从灭鼠开始。山峡子遭到老鼠严重破坏，影响人畜安全通行，草地惨不忍睹，不得不灭了。

我问："验收的指标是多少？"

一旁的草原站徐站长说："起码在90%以上。"

我不知道老鼠的分布密度如何，要灭到90%以上还能剩多少，但无论如何，90%以上不是一个小数目。

场长说："只用我们标书上要求的灭鼠药可能不行，吃不够量毒不死老鼠，反而促使抗药性增强。但那是生物饵料，无次生伤害。如果灭鼠效果不好，你们得想想办法。时间必须抓紧，最佳防治时间是牧草枯黄短缺时期，冬天这里被雪覆盖，春天又下了大雪，到现在立夏了雪才化开，正是最佳的灭除机会。"

我说："由于疫情原因，我们的药还在路上，确定不了何时能到。我们研究先用药草烟熏，如果有效，将来和饵料结合使用。如果无效，再想其他办法。"

马场长说："如果无效，你们想办法联系一下民乐，听说他们有一种药特别厉害，去年给灭鼠的人提供过，看能不能找一些。"

我们从马场长办公室出来，给王延打电话汇报。王延说："先用烟熏，如果不行再联系民乐。先开工，开工时间不能推迟。"

王延两点半赶来，与徐站长对接后，徐站长带我们去看灭鼠的地方，原来在鸾鸟湖那边。鸾鸟湖就是西大河水库，南面与冷龙岭对望，湖的北岸修了汉代风格的观景房，以前游客多，近几年由于疫情原因锁了起来。再往北过了马路是窟窿峡，一条以无数井口大的窟窿进出着流水的大峡谷，以前也开放旅游，为了保护生态现在禁止旅游了。峡谷里有黑色牦牛，小小的彩钢房，黑压压的木本植物占据水的两边。

　　徐站长说："那是扁麻，开黄花，七月份开得绚丽多彩，峡谷里金黄一片，十分好看……扁麻就是金露梅，一场到处都是。但没有银露梅，很是奇怪。"

　　我问："一棵也没有看到过吗？"

　　徐站长说："没有看到过，焉支山到处都是，距离我们几十公里，到这里却一棵也没有了，大自然很神奇。"

　　我也在焉支山见过金露梅和银露梅，配对而生。金露梅开花像太阳，我称它为阳；银露梅开花像月亮，我称它为阴。银露梅有点势单，像内柔外刚的西北女性，纯净而内敛；金露梅群体庞大，像西北男性内外皆刚，坚硬而张扬。

　　我们从鸾鸟湖和窟窿峡之间的大坝上穿过，径直往山里走。路其实就是山沟，也是马场长说的山峡子。山峡子两边是草原，一路有扁麻，还没有露出绿色，黑压压的一片一片。草原上的旱獭体大肢短，肉乎乎的，毛还没有褪尽，慵懒得很，但跑起来挺快。项目办交代过，不能抓，不能吃，旱獭是保护动物。

旱獭的天敌比较多，狼、狐子等，但凡比它们大的肉食动物都是它们的天敌。于是，作为食物链底层的它们，迅速繁殖，靠数量维持平衡。

一只鹰飞向旱獭，所有的人都惊呆了。我拉长相机镜头想拍下来。焦点对准，我看到鹰放出利爪合并在胸前，箭一样斜刺里俯冲下来……

我不敢看下去，急忙闭上眼睛，忘了按下快门。鹰抓住旱獭飞了起来，旱獭的凄厉叫声像是抗议，也或许是乞饶……胜利者长空一唳。

我睁开眼睛，看到鹰一个侧滑，扑棱了几下，展开翅膀离开地面。它两爪空空，盘旋了两圈，慢慢飞出我们的视线。

旱獭钻进洞里了，及时地避开了鹰。我想象不出一只鹰失败的样子，是不是失败后反而更加恼怒、勇猛、善战，一次次享受捕猎的过程？

一对旱獭正在打架，我们喊着把车停下。旱獭似乎顾不上理睬我们，也或许太投入了没有发现。只见两只抱在一起，嘴对着嘴直立起来在撕咬，又不像在撕咬，倒像在交流，也许是亲吻。我们说是在打架，曹国文却说在调情。他刚说完，两只旱獭就分开了，慌慌张张逃进洞里，丢下一个示厌的回头。徐站长也说在是调情，现在正是繁育期，母旱獭在找配偶。

一只很大的旱獭趴在地上贪婪地吃草，一点不把我们放在眼里。贪婪让它忘乎所以，也不担心我们会不会扔一块石头过去。听说以前进山的人看到旱獭会穷追不舍，说是它们的肉特别香；我看它们身上的肉也特别肥。现在谁也不敢追了，于是它们目中无人，自顾自吃得气定神闲。男人们还看着发笑。天空中飞着鹰，很高，看上去不大，好像替天空乱画地图。

鼠害有点严重，到处都是洞口和堆出来的新土，而且洞口大，有的直径达30厘米，也可能是旱獭或别的动物的洞，绝对不止一种动物的洞穴。新土堆有瞎老鼠打的，大沙鼠打的，也有旱獭打的，一堆一堆打出来不久，远远就能判断鼠情。徐站长给我们指定了灭除范围——从祁连山国家公园的白色界碑处开始，一直灭到一排窑洞的那里，约一个半小时路程，总宽150米，路的两边各75米。

徐站长说，窑洞是以前七连住过的地方，现在叫七队，但从手机定位上看，显示的却是金昌市。原来这里与金昌市只一山之隔，边界的牧民每年夏天为了放牧起纠纷，徐站长他们每年就到这里驻队调解。这是历史遗留问题：那边的牧民说，是自家门口；这边的牧民说，是场里分给我的牧场。于是，两边的牧民隔着围栏年年争，争不过就打架，多少年来，既争不明白，也打不清楚。

风特别大，徐站长带我们上到最高的山头看祁连山，方位与高度显得我们与祁连山一样高，但我们像风中摇曳的扁麻。祁连山是一把横卧的宝剑，冰雪苍白，遒劲淡定，东西延伸的气势能够融贯九州；看上去镇定自若，丰盈饱满，一点不像静卧休养恢复内力的母亲，需要时间和清静。肌肤一样的积雪少了，星星点点盖不住山骨，"终年积雪"一词被融化了，只有我们少数几人看到，更多的人并不相信。因高原反应气喘吁吁，我们不得不放慢脚步。

　　晚上又阴又冷，烟囱不好，倒烟，房子里烟熏火燎。躺在床上，那些旱獭又出现在脑海里，它们憨态可掬，萌得像宠物。闭上眼睛，还是无法阻挡倒烟的攻击，眼泪止不住地哗哗流出来，像心痛的人无声地哭。过了一会儿，慢慢好了。我知道，是柴燃败了。房间也开始冷了起来。

四

规定早晨七点上班，五点多时，大房子里就开始乱了起来。女人们起来做饭，男人们收拾用具。早饭是机压的拉条子，洋芋条炒肉。菜好吃，面芽糊糊的，面芯硬白，好像没有煮熟。她们说，煮的时间是家里的三倍，面汤都煮煳了，面还是这样。我吃不下去，这硬实的饭菜，似乎适合中午吃。但看到大家都在吃，我便挑了一筷头面，也悄悄吃起来。

没有出门，房子里有点凉，我穿得很厚，感觉像个笨熊。专一做事，速度和质量都会提高，我以流水式的状态，补完一千多字的笔记。

曹娟是炊事员，她希望做饭的时候女人们一起做，吃过了她也去工地上干活儿，收工前早点回来。我说那样做不好饭，再说也没有车和人专门送她。

她说："王云送。"

我说："万一王云另有事呢？"

女人们拍手称赞，说干活儿干累了盼着进门就能吃到饭，吃过休息一下，精神就立马缓过来了。可不知怎么回事，早饭还是一起做。

一场平均海拔2900米，与山丹县城相差1200米左右，煮不熟面也很正常。下午曹娟告诉我们说，问了老张的老婆，说就是水的缘故。

"张嫂说这里的水硬，他们的面也煮不熟。"

曹国文听了说道："老张家的锅也煮不熟面，没有办法，在这里就这样，吃吧。"

李斌也对我说："没事，吃吧，干活儿的人，啥饭没有吃过。"

于是大家吃了起来，不吃又能怎么样呢，水的问题谁能解决？再说水硬了吃水的人也会硬气。

一场饭馆里的面也是一样，只不过煮熟后用清水过了过，面就没有那么黏了，但吃起来寡淡，没了面的香味。所以知道的人都不吃饭馆里的面，吃米饭和馒头。一样的面，蒸出来的馒头可好吃了，白白高高的，山丹人叫"高庄馒头"。问了好多人为什么叫这个名字，各说不一，却没有一个人能说出传奇的。这显然有点夸张，这里的人照样吃面，家家户户以面为主，我们可从来没听说过一场的面饭黏糊糊的。一定有什么原因，只是我们刚到这里，还找不出黏糊糊的原因。

其他人带着氯氰菊酯乳油和点火枪，上工去了。他们把氯氰菊酯乳油倒在草上，然后塞进老鼠洞里，用点火枪点燃，赶紧把洞封住。一边封一边还骂上几句："该死的老鼠，谁让你倒霉，受去吧。"说着，踏上几脚，又去封下一个洞口。中午返回来的时候，发现多数洞口又开了。他们加大药量，再在洞里放几枪火力，然后封住，压一块石头。第二天经过那里，发现石头旁边开了洞，老鼠在草地上乱跑，有的已经晕晕乎乎，跑起来东摇西晃，有的原模原样，似乎斗智斗勇已成胜者。

王云给守家的曹娟安顿排事儿："闲了把里里外外的卫生打扫一下。门前的院子扫干净，垃圾清理掉。再把门内的地板拖干净，看着像人住的地方。"曹娟听后笑了一下，上工的一出门，她就开始打扫。

去总场的班车上接货。城里带来的另一种烟熏药物只能带到总场，由于没有乘客，一场的班车不开通，没想到二场的也不开通。这时节实在没有坐班车的人。能留在马场的人有私家车，不是公职人员，就是放牧的，基本的交通工具还是有的，方便又自由，随时来去，不是万不得已，谁还去坐班车呢？班车基本是拉游客的包车，可是现在没有游客。

我和曹娟赶到总场接货时，班车还没有来。我们站在路边晒太阳，虽然比房子里暖和一点，但夹杂着一股微微的冷风。风过去立刻暖了，风来了又凉丝丝的。曾经的热闹之地，没有了群众基础，也显得萧瑟荒凉。和农村一样，行政管理部门健全，公职人员上班时成了坚守者，群众都去了城里，拔走了根，只留下土地。

从班车上接了药物立即往一场赶，王延打来电话，让我十二点前在一场卫生所路口等，他托人找了两瓶特效灭鼠药，有人会送过来。一看时间来不及，我又打电话让王云从工地上赶快去。他从工地赶到卫生所路口时，已经过了中午十二点，我们赶到时，他正站在路口挨个儿瞅过路的人，等着手里提两瓶药的人出现，一直没有等到。下班的人走完了，那个人始终没有出现，可能我们错过了时间，人家等不到，回去吃午饭了。

一场今天开职工大会，街上走的人大多提着蓝色资料袋，穿着藏蓝色西服，精气神十足。终于找到送药的人，他是职工代表，带我去取药，刚要上我的车，突然又说要走着过去。我非要请他坐车过去，他笑了笑说："你这车上土这么大，把我西服给弄土了。"我听笑了，但已经让人家坐上来了，便开玩笑说："干部的西服应该沾一沾群众的土嘛。"他豪爽地一笑，靠在了满是土的靠背上。

晚饭后，我问大家去不去散步消食。李斌说："食消了半夜里肚子饿怎么办？"说着上了床，看起了手机。其他人也在看手机，有网络就是这样，每个人似乎都很忙，忙着在看手机。我又问："想不想看《哈尔腾之梦》？"都说："早就想看呢。"曹国文还说："问题是掏钱买了才能看上。"我听出来了，不要钱了就看。我从车上拿来书，给他们每人送了一本。他们坐在床上看起来，只看了三分钟，把书放下又看起了手机。只有王云一边泡脚一边看着，好像看得认真，或许随手翻开的一页吸引了他。刘桂娃也看得认真，好像真看进去了，那样子像个读书人，但是翻得快，我猜她专找自己老公的内容看。

面还是煮不熟，外面已经黏糊糊了，面芯里还是硬着，嚼起来粘牙，不嚼又不行。山丹人把这种情况叫作"拔牙拔牙"，或"拔呀拔呀"。

烟熏法灭不了老鼠。饵料还没有到货，民乐那边还没有联系上，只好放假一天。

项目部杨主任打来电话让我过去，说监理到了，一起去取昨天卸下的牧草种子。库房在机关大院对面。老式库房很长，后墙就是整面院墙，可进出中小型车辆。库房内有一堆玉米，一堆大麦，都拌了药，却已发霉。我们的十吨垂穗披碱草、十吨老芒麦种子都卸在一进门的右手边。各样取了两件检验重量，25 公斤丝毫不差。监理说是机装的，最后一袋却差了 0.4 公斤，但仍在合格范围之内，包装袋上有标识，正负误差 0.5 公斤。解开封口，杨主任各样装了两个档案袋，又用事先打印好的封签贴封好，拿到办公室盖章送检。种子是我们尽心尽责购进的优质产品，产地是青海同德，袋子的标签上却盖着我们公司的章。

我还在项目部等马场长做交代。王云和曹明先买排骨去了，我交代再买点菜，做四个凉菜，我拿两瓶酒，做好一点吃一顿。中午吃饭时请了隔壁老张。他老婆到张掖看娃娃去了，听说起了水痘子，得照顾几天。老张一个人吃饭凑合，便请来与我们一起吃炒排骨。饭间老张聊起马场一场公家养马，有育种的，也有采血的，大概一百多匹吧。私人少有专门养马的，有也只是几匹，专门供游人骑。一场主要养牛，以牦牛为主，不挤奶，只卖肉。午饭后我散步去找一队的牛场，心想万一要打牛奶喝呢。却没有找到，只看到一个空空的马圈。

一位老人在墙边挑蒲公英，我想和她搭讪，问问牛场在哪里。她耳朵不好，总是啊啊啊的，说话声音很大，却没有说清楚牛场在哪儿。

山那边打起了雷，几个雨星落下来，要下雨了，我原路返回。马场原来的居民平房在两边静立，很少有人住了，大多数锁着，破败的景象已无法再现当初的热闹，院子周围有点脏，木柴却到处都是。

回到房间我感到困极了，高原地带走的路多，容易出现各种状况。我上床午睡，大房子里男同志在喝酒呢，喝到兴奋处大声喧哗，满腔的豪情全抒发出来。我迷迷糊糊睡着了。

　　　　　　　　　　　祁连山下有牧场

五

　　喝阿胶后的第四天，停了半年的例假又回来了，我惊喜不已。我去菜市场买了两只乌鸡，让母亲用纯粮食喂养一个月后，加黄芪、当归、红枣、枸杞炖了喝汤。就在来马场一个星期以前，母亲让弟媳杀了一只乌鸡给我送来，让我补补再上马场。第一碗乌鸡汤让我的元气开始复苏，我感到身体里的一些意识开始抬头，像沉睡在干涸里的种子得到雨露的唤醒，强烈地在做饥渴的翻身。喝了四五天以后，饥渴感消失，我的胃口好了起来，在公园里走步有了精神。是的，精神先回来了，可是长肉需要时间，而且需要粮食作为基础。

　　来马场时，我感觉完全好了，尽管人们说我太瘦，但我感到精神还可以。因此，刚好一点，千万不能再出问题，如果又虚亏了，马场的条件将使我待不下去。但我相信这里的太阳和空气，多晒晒太阳，补补阳气，多出去走走，给身体置换新鲜空气。这是万般无奈的办法，借天时弥补不足，借地利以求人和。

我走出门活动活动，四个男人却回来了。李兵抱着一箱牛栏山，其他人兴奋地跟着。原来他们又买酒去了，李兵打麻将输了三百块钱，追着赢钱的人去买酒，买来了请输钱的人再喝。他们从小玩到了现在，一个愿打，一个愿挨。曹国文身后跟来了一只黑白花狗，脖子上戴着布圈儿，显然是有家的狗，可不知为什么跟着曹国文来了，又摇尾巴又蹭头，亲热得万般讨好。曹国文也是，可真有狗缘，招来了却又派遣给我，好像考验我的善良，也考验我有没有狗缘。那只狗跟我一见如故，我也是没有办法，和它说话它不停地摇尾巴，跑来跑去像是要说什么又急着说不出来，只好用眼神问我，明白吗，明白我的意思吗？我说："你回家吧，家里有人等着你呢。"它不知怎么就听懂了，掉头就走，走不远回头又看看我，好像在说，我还会回来的。

晚饭后他们又喝起来，真是没完，喝了一天，有酒就停不下来。喝兴奋了小话大讲，吵得大街上都能听见。我到大房子里去看热闹。女人们都在床上，钻进被窝准备睡觉，却被吵得睡不着，拿着手机刷抖音，默不作声陪男人嗨，仿佛不能左右，却也是一种消遣。

王云不在。我问曹娟："人呢？"曹娟说："到外面转去了。"都九点多了，马场人少空寂，夜又深了，一个人转什么名堂？有那么大雅兴吗，不融入集体是一种傲慢。结果他坐在车里，一个人坐着发愣，像是有很大的心事。曹明出去把他叫来，他没到酒桌跟前，只是在床前转悠，什么话也不说，反感喝酒似的。

九点四十我撤出来，提醒他们别太吵了，收拾收拾该睡觉了。李斌让我多聊会儿，曹国文说和他们聊天可以找到灵感。我笑着说："纵然有灵感，也被你们吵没了。"其实有女人们在，不能太有"灵感"，更不能特立独行，免得留下太多笑话。

我打开电脑继续写，他们又吵了起来，我知道是喝兴奋了，也喝高了。

隔壁的老张也才回来，一边当当当切菜，一边放着《南泥湾》听，"来到了南泥湾，南泥湾好地方，好地呀方……"声音大得要挤扁人。我知道他在用音乐挤走寂寞与孤独，都十点了，才把羊呀马呀安顿消停，草草做点吃的就上床睡觉。左右的声音夹着我吵，好像晚上是早晨，一切才刚刚开始。怎么办呢，我急得团团转，睡觉又睡不着，看书又看不成，和这帮家伙住在一起真是热闹。干脆一不做二不休，跟他们直接说。我先给曹明发了个微信："小点声呀。"又给老张打电话："张师傅，我写点东西，你可以把音乐关小点吗？"张师傅说，好好好，随即把声音干脆关掉了。我有点怅然，感到自己太矫情了，这是大西北呀，这里的孤寂与欢乐无边无际。

　　写到半夜十二点，头一直疼，高原反应好几天了。我求朋友支着儿，并问："喝咖啡行吗？"朋友说："可能不行，只有忍，忍到适应就好了。"适应，把头疼带入梦中去适应。会不会很漫长，梦中的人会不会疼醒？我闭上眼睛，却进入不了梦乡。

六

听说杨琪从甘南找到了特殊的灭鼠药，不知道啥药，顺丰快递，昨天发出来的，还没到，只能继续放假。男人们闲不住，去别人家的项目现场赶心慌。结果人家正好航拍开工仪式，人数不够，他们便穿起了白色防护服，给人家充人数。

我计划每天最少写两千字，一天也没有做到，六天下来才写了八千多字。因此，凌晨四点起床补写，房子里凉，我穿着羽绒服。低头打字的时间过长，脖颈着了凉，等回过神来，要结束早晨的写作时，头疼得不能活动。

太阳出来了，一场的广播按时播放。路上的车多了起来，唯独缺少的就是人。一场的驻场人口极少，大部分都是做生意和机关上班的人，退休人员去了张掖或山丹的丹马小区定居，年轻人去了全国各地，马场没有留住他们。

我走出房子在院里转悠，身体慢慢热了起来，头疼缓解，肚子有点饿了。

来到大房子里，女人们窝在被窝里玩手机。抖音和朋友圈发了昨天的照片，带着点缀和美化，个个都是有姿色的美人，或站或坐，或扬手或掐腰，穿着工作服，戴着墨镜，风情万种，让人看着忍俊不禁。

我问："今天不吃早饭吗？"

曹娟对着大家说："她们睡得不起。"

我问："男人们呢？"

曹娟说："到草原上看别人灭鼠去了。"

房兴莲说："又不干活儿，闲待着，吃不吃早饭都无所谓。"

刘桂娃说："吃啥呢，不吃了，也不饿。"

我听出话里有话，对曹娟说："不干活儿也要把肚子吃饱，人休息了肠胃没有休息。"

曹娟说："她们睡得不起，男人又等不住，我都不知道咋做饭才好。"

我对女人们说："饭如果做好了，你们就会起来吃的，是不是？"

刘桂娃说："就是呀，难得放假，多睡一会儿懒觉，总不能让炊事员一个人起来做饭。"

真巧说："没事，一顿饭嘛，不吃有啥过不去的，人在被窝里又不出力。"

听起来一顿饭对于她们风轻云淡，我却从她们的话语中听出了酸味和表面上的大气。我眼寻房兴莲嫂子的意见，她看了看我，又看一眼大家，没有说话，仿佛和大家意见一致。

　　干活儿了吃饭，不干活儿没饭吃也不反抗。我知道她们顾忌面子，而炊事员曹娟却怨她们睡着不起。主要责任在我，她们对一顿饭豪放大气，我又能说什么呢？

　　我问："饿不饿？"

　　她们依然说："没事，再熬一熬就吃午饭了。"

　　我对曹娟说："无论什么情况，先让大家把肚子吃饱，只要有一个人没有回家，我们都要给他把饭做好。我们是一个队里的人，吃饭比干活儿重要，不是干活儿比吃饭重要，只要肚子吃饱，什么时候都会把活儿干好。"

　　曹娟连声嗯着，似是心中有数了，但伙食在他们的承包范围之内，吃什么由他们夫妻二人决定。我意识到这样不行，但一时又不知道如何是好。

　　我决定去姑妈家。姑妈给我蒸了一个大馍馍，放了清油和炒胡麻，香香的，我还没有去取，一想肚子饿得咕咕直叫。于是，我给她们打声招呼，向二场的姑妈家而去。

　　快到二场的时候，路边有飞防队伍，几个年轻人，两架无人机，两辆车。一辆厢货车上拉着十几箱41%草甘膦铵盐。生产厂家我不熟悉，从包装上看，有点低专业、高出包装的虚掩感。红色外罩瓶盖，一斤的瓶子尽显大，看上去很漂亮，也很大气，其实透着虚。真正的好产品并不在包装上下功夫，而是药剂。再说，真正的好产品不突出外包装，也用不着突出，瓶子质量好便可以了，有那种酒香不怕巷子深的牛气。但是，这么好的草原，为什么要喷药呢，不是违背自然生态规律了吗？

我向他们做了自我介绍："你们好，我是庄稼医院的，我看看你们在喷什么。"

一个年轻人说："草甘膦。"

我说："这两天喷草甘膦气温太低了。"

年轻人说："是领导让喷的，在冰草上实验一下效果怎么样。"

我说："不用实验，没有效果。"

他们同时向我投来目光，停住的时候露出厌恶，有两个异口同声："为啥？"

我说："气温低。城里这时候都不行，马场要比城里冷，根本就不起任何作用。如果非要使用这药，就得加助剂，或者复配。当然，如果用草铵膦就没问题，连根除，耐低温。"

他们大概没有听过草铵膦，问道："啥？"

我说："草铵膦，耐低温，活性强，传导性好。"

他们突然不耐烦地说："领导让喷的，领导让喷我们也没办法。"

药已经配进无人机，他们也准备好要起飞了。我不再说什么，只好让他们眼见为实。

其他人退到车后，两个人上了厢货车，一人开车，一人拿遥控器指挥无人机。厢货车启动，无人机跟着厢货车跑，似是被一根绳子拉着跑，既刺激又无奈，转眼工夫跑到了远处。

无人机飞得不高，喷洒出的药液亦雾亦水，路面上没有飘洒的药迹。我又看路边的草。茂密的枯草间，多年生杂草从根部长出了新叶，一边试探，一边带路。等到气温变暖，一年的生长季开始，所有的草都会跟着生长出来，排山倒海式绿遍全野。他们灭除的就是这些多年生开路者，但好像看不出任何威力。我用手摸，几乎没有丝毫湿感。他们把无人机的细化功能发挥得淋漓尽致。他们是飞手，但他们对于农药的特性是门外汉。不同的药有不同的飞防准则，尤其是除草剂。并不是所有的除草剂都越细化越好，草甘膦恰恰相反，它需要喷湿，药的浓度要大，要把草喷到湿漉漉的程度，滴水为好，才足够内吸传导。而无人机喷药最怕漂移，怕伤害了旁边的庄稼，因此，药量和浓度都受限，是最让人头疼的。可这大马营滩上只有草原，没有庄稼。我猜想，上面要求是只把路边的草打死，以免过路车辆外扔烟蒂引发火灾。别处的草一概留给牛羊，牛羊吃不完就留给草原，让草以本还本。所以飞手们怕伤着规定之外的草，根本不懂草甘膦的特点，便设置成一般除草剂的模式，手摸不出草的湿气来。这里黄草和绿草密如针毡，无人机千分之几的细化密度，远远覆盖不了草的密度。更何况低温下草的细胞闭合，草甘膦药液无法吸入传导，根本不起作用。

我莫名惊喜，不要紧，他们灭不了这些草，这些草依然可以借牛羊的肠胃涅槃，升华成行走的语言。

年轻人做得很认真，但即使实验失败了，他们也未必知道真正的原因。既然是实验，那就去实验好了，之后才能知道无效，然后放弃，让这些草长满夏天，直到秋天自然枯黄。

姑妈家没有人。她突然有事去了城里，没来得及打电话给我，大馍馍也拿到了城里。她暂时不回二场，把馍馍送到了我家，让王延上马场时再给我带上。我犹豫再三，也决定进城。路上出现低血糖反应，一直犯困。车停在路边眯了会儿，依然犯困。找颗糖吃，好一点了，赶快进城。

七

　　回到城里又乏又困，并出现眩晕的感觉。婆婆在做饭，我赶忙搭手，站立不住，回到卧室躺下。不知过了多久，婆婆叫我起来吃饭，见我脸色苍白，有点惊恐，以为我不适应马场的条件。我说："一直挺好，今天是没吃早饭，开车精神高度紧张，可能有点虚脱。"谈起马场的伙食情况，确实有点清汤寡水，九个人的汤饭只炒两根茄子，三根辣椒，满锅里找不到几个肉块。婆婆说："一个炊事员一个做法，还得做老板的去管这事。"第二天回马场，我的车厢里装满了蔬菜、清油、大肉和面粉。

　　快到二场了，路边有马悠闲地吃草，像是突然出现，又像一直在那里。绿色的路栏，对应青草绿树，随车滑行而移动，渐渐向后拉开一幅动态画卷。我听着卢梭的《漫步遐想录》经过二场，老人们依然在篮球场边晒着太阳，十字路口的电子屏播放着祁连山国家公园的介绍。向南的马路两边对应着密集而高大的杨树，杨树下左右铺展开人工种植的云杉，随着杨树向南延伸，近看像奔祁连山而去，远看又似从祁连山而来。

到了一场的驻地，男人们又转去了，干惯了活儿的他们闲不住。女人们坐在床上相互说话，真巧手里拿着手机，曹娟面前放着手机。刘桂娃和房嫂子不太会玩手机，便不太爱看手机，一个躺着，一个坐着，正商量着也出去转转。

我把带来的工作服拿给她们，紫色的上衣印着白色的"甘肃竣苗"四个字，左胸上是，后背上也是，配上藏蓝色的裤子，看着挺时髦的。她们试了起来，女式的都是175码，四个女人穿起来竟然都很合适。180和185码的留给四个男人，回来了消停试，保证穿上也都合适。

晚饭后我准备写笔记。积累了两天，每一时刻写出来的都不一样，笔记需要最接近时间，接近细节和真相。我不喜欢拖得太久，有些情感在细节中升腾，忘记细节，情感便也寡淡薄弱。可他们叫我去另一个施工队的驻地看看，那里有抓瞎老鼠的技术和武器——万一我们也要抓呢？听说他们明天就要撤了，与其到时听队友们描述，不如亲自去看看和听听。

女人们不去，只要有女伴，她们不喜欢男人关注的事情，又悄悄商量好了，要去没去过的山上看风景。她们喜欢一起去看，然后拍视频和照片，发到抖音和快手，一个比一个美颜得漂亮。如果不见真人，你看着她们都年轻漂亮，甚至享有荣华富贵。事实上，她们是生活在底层的劳动妇女，花一样的容颜镶上了皱纹，有的当了奶奶，有的还在为儿女成家立业而劳动。她们把儿女的事叫作任务，等任务完成了，自己也老了。到那时心已安定，只要能和儿女在一起，只要不生啥病，对活着的要求很简单，吃饱穿暖足矣。也有岁数大了想出去旅游的，说一辈子没看过大千世界，能出去看看也没有白活，到那时再也没兴趣拍照和美颜了，最多留张纪念，证明去过哪里。

出了大门，我们顺着大马路向东走，一边走一边看墙上的绘画：品种齐全的山丹马，一场特有的植物、野生动物，耕种的田野，历史人物，等等。工友们好像不感兴趣，催着我快走，他们谈论着新的发现和干活儿的事情，像一群传经布道的人。

到"槐溪小镇"的大牌子处向右拐，一场的主街一览无余，尽头通到祁连山下，低矮鹅黄的山后是高耸鹅黄的山，再背后是雪山，也是最高的山。我在想那是不是冷龙岭——祁连山的核心地段，因终年积雪，终其一生只会下雪，不会下雨。山以纯洁变白，融化一部分养育生命，剩下的保留着雪山的能量，也保留着雪山原有的生命。很明显，那背后的雪山只是一角，在不同位置不一定能够看到。雪山上的积雪越来越少了，少得若有若无，在河西走廊核心要道上，很难看到横亘的那条白龙了。

天气晴朗也会刮风。有人抱怨过风，但是没人能改变风。一场的风起点高，刮得也高。风擦过低处的阻挠，刮着高处的诗与远方，才刮出了高原上粪蛋蛋的脸庞。当例行公事一样的嘱托对你交代，照顾好自己，别弄成粪蛋蛋时，智慧的圣师却说，粪蛋蛋好看，粪蛋蛋一忙，万物生长。慈悲的高人给人以希望和鼓励，指引你前行，让你放开翅膀，飞过沧海去看桑田，不加设防，相信你能扛过孤独和风雨。

一场四周是山，款款地被山包围着，也没有挡住风。风像无处不在的通讯信号，距离有多远，也能收到。风是不是绕着地球转上来的？风没有国界，因此没人管制风；风比通讯信号自由，更加直接；风不带使命，不受支配；风自己刮自己的，没人拿风怎么样。

第四天了，药依然没到，我们就这样闲待着。一大早吃喝完毕，四个男人拿出小圆桌，坐在院子里打麻将。暖阳压过冷风，院子里暖乎乎的。女人们坐在一边，借车挡着风在看手机，把屁股和背朝向太阳。

老张告诉我们，马的晨饮时间是九点，晚饮时间是下午五点。马给人以蓬勃劲美的力量感，奔跑的俊美感，唐朝审美的饱满感。所谓的万马奔腾正在马场一场上演，虽然只有一百多匹，但接受过各种大大小小的任务，一百多匹照样能跑出万马奔腾的气势。素有天马之称的山丹马一直存在，一直出没在祁连山下。祁连山下有草原，远看像绿色波纹，又像绿色的海洋，马牛羊漂游，绿色的海面平静而辽阔。

我们到达水边的时候，马群已饮完返回。绿色山沟里走出一群牛，有黑色的，有黄白花的。牛群里有几匹马，却显得和谐。牛和马走到水边，依次排开低头喝水，喝畅快了还不知足，又要走走喝喝，互相之间嬉戏耍个调皮。而那些调皮甚是可爱，你用嘴唇蹭蹭我背，我回过头回应你的嘴唇。

我与骑摩托车的放牛人攀谈。他家在青海，被雇到这里来放牛。牛群是公家的，牛群里的马属于他管，两匹由自己带来，三匹由山丹马场配养。五匹马在旅游季节供游客骑，挣来的钱算他的额外创收。放牛人把马养得和他一样健壮，他说六月是马最漂亮的时候，六月也是马最辛苦的时候。到了十月旅游季节就结束了，骑马卸鞍休息，算是给主人钱挣罢了。

小伙子和气，爱说，如见到熟人，娓娓道来。

他和媳妇都在这里。他喜欢放牧，这里风景好，又有名，夏天游人多，也很热闹。两个孩子在青海老家，由父母带着，今年秋天老大就上幼儿园了。他们离得远，不能接送和辅导娃娃学习，心里难受。在草原什么都好，就是存不下钱。我说："在草原不需要多少钱。"他说："娃娃们要花，将来在城里上学、成家，买房、娶媳妇，爸爸妈妈存不下钱，娃娃的日子就过不好。"

我被一副无形的枷锁套牢，即使到这人烟稀少的地方，也取不下来。青海和我们隔着祁连山脉，抚养儿女的责任却完全相同，抚养大了还要给儿女买房，娶媳妇，娶了媳妇还要带孙子，这都是责任，都要自觉完成。

我们继续交谈，我问："娃娃喜欢城里的生活吗？"

他说："现在的娃娃都喜欢城里的生活。但到了一定的岁数，又喜欢草原的生活。就像我，离不开草原，觉得草原才是自己的天下，狼来了也不怕。"

"狼来了真的不怕吗？"

他说："一般的不怕，只怕群狼，一个人不好对付。"他又说，现在家门口狼太多了，狼是保护动物，活动空间大，胆子也大，总跑到家门口来，得时时防着它们伤害家畜。

我问："狼伤人吗？"

他说："一般不伤，但总是伤牲畜，给我们造成经济损失。"

我问："伤牲口是不是狼饿了？"

他说："狼就是饿了，山里有吃的，抓起来费事，直接跑到我们牲口圈里来吃牲口。我们不伤害狼，狼却得寸进尺，不但偷吃，而且连人也不怕。"

我说："也不能眼睁睁看着狼吃家畜呀。"

他说："那没办法，吃了就吃了，吃了公家给赔。"

我说："原来这样，那不是人在喂养狼吗？"

他说："现在保护自然就是这样，我们必须这么做。"

八

药终于来了，10 公斤的包装。

女人们说："咋感觉神神秘秘的。"

男人们说："那是毒鼠药，越神秘说明毒性越大。"

女人们说："要那么大毒性干啥，差不多就行了。"

男人们说："灭不死老鼠咋给老板交代？"

女人们不再说话了。

男人们说："走吧，投药去，学男人把心放硬点。"

晚上收工回来，曹国文说，洞里的老鼠死在洞里，洞外的开膛破肚，心里难受了一下午。

李斌说："死个老鼠你心里又难受了？"

曹国文说："死和死不一样。"

李斌说："难受就不干活儿了吗？"

王云说："行了，别再说了，吃饭。"

于是都不说话，吃饭声呼噜呼噜，吸溜吸溜的，谁也并没比往日少吃一碗。

王延和杨琪早早赶来，带来白色防护服，然后按照项目部的地图来到拍摄现场。现场就在我们驻地的对面，从窝窝营地稍西处向南下坡，到了山脚向右拐，是一条宽大的路，直走就到了。

杨主任联系了民政办公室主任汪峰，场部唯一的年轻英俊的摄影家。女人们开始议论，说马场的年轻干部好像都是挑过的。我说："那是马场人的气质，天生英俊，不用挑。"她们细细一想，拍手方悟："对呀，好像马场的人都很魁梧。"

拍资料是摄影师的事情，干活儿的人还得认认真真干活儿：按部就班，拉开条幅，插好旗帜，在条幅下面摆一些饵料。投药的人一字排开，一手提着药桶，一手拿着药勺，一边走一边投药。互相之间要保持距离，也要保持速度。拉药车跟在后面，谁的药桶空了给谁添满，过程要迅速，不能影响了排队秩序。

汪峰开始用无人机拍摄，我负责相机拍摄。看上去投药的人走得很慢，拍摄的人却跟得辛苦，因为投药只走直线，拍摄的人要捕捉多角度瞬间。跟了一截我就跟不上了，于是追着拍他们的背影。

围着山，围着草，围着牲口和自由。围栏被人留了门，牛马进出，在水与草之间来回走动。草地不是一马平川，是山丘连着山丘。草根与草根形成密网，盘根错节柔软而坚韧，一把铁锨挖不下去，借助人力使劲蹬使劲挖，才能挖起一块来。这地方的草地竟这么好，怪不得养出的马牛很有名头。

突然从南边山坡上跑过来一群马，牧马人赶着马群奔腾而来，无人机的声音很大，像苍凉而遥远的长调在耳边响起。马跑下山头喝水去了，留一股愁肠百结的尘灰，在四周飘散。

当又一群马出现时，先前的马群已回来。第三群马受到了无人机的干扰，狂跑了起来。当我把奔跑的马群拍了视频发给朋友时，朋友发来两个字——阔绰。是啊，这才是真正的阔绰。多少人想走进自然，逍遥其中，才能达到如此阔绰的境界。而就在我们身边，旱獭洞摊开的土滩像大大的降落伞，死死盖住绿草，俨然草地巨大的疤痕。

灭鼠队席卷而过，投下的药量决定鼠类的生死。中午在一起吃饭，几个马三代给我们留下深刻的印象。女人们所说的英俊不是空穴来风，年轻的一帮人透露着良好的修养，仁义、和善、睿智、沉稳，他们是招聘到机关的优秀人才。他们上完大学回场就业，带着饱满的情怀报效故土。

饭后他们上工去了，走廊里安静下来，看书写字最好了。而我想去遛一遛食。我喜欢一个人散步，眼睛里好奇，脑子里胡思乱想，尤其来马场以后，每次散步都会发现新的东西。

出了大门向右拐，走几步便是窝窝营地。我在那里站了很久，终于明白了，旅游的马之所以聚集在这里，是因为窝窝营地的游客可以直接从这里骑马，然后在窝窝营地吃住，实现旅游一体化。

窝窝营地门口向南，有一条分岔的土路通向山边。我沿着土路向山上走，想走一走昨天航拍时走过的路，想体会一下独自走时会不会很惬意。

左手边是老家属院，大多院门紧锁，院墙破旧，平房顶上长了荒草。墙外狼藉，墙内萧条，院内的松树高出墙头，成为院子不甘落寞的绿意。右手边是林地，绿色围栏圈禁，围栏内是松林。每棵松树用木头支架支着，似是防止树倒，又像树的输液支架。用了心要让树长，大多数活了，与家属院里的松树相差无几。

顺着围栏往前走，走到山脚下时，路再次分岔，向前去场部，向右去牧场。我朝右拐，路通向山间，路的左右两边都有围栏。围栏上挂着牌子，牌子上写着"禁入"二字，我猜测围栏内是私人牧场。朝前走有两个房子，走近才看清：一个是房车，值守的人挡夜里偷牧的牛羊和马；另一个是砖混结构的水房子，比房车小，房内的水泵被火烧过，看样子刚做了解冻，烧过的麦草还没有洇湿。房外是长长的铁皮马槽，几匹马正饮着满满的一槽水，牧马人坐在房子前抽烟。

我走上前搭话："怎么才几匹马，大群马呢？"

牧马人说："在草原上，还没到来。这是圈里的病马，离水近，先让它们喝水。"

生疏感很快消失，我们像老朋友一样交谈起来。他说他退休了又来放马，说不清啥原因，不是想放马，也不是想找事干。并说，骑怕了马和摩托车，都不爱骑，但作为牧马人，又不得不骑。

我说："是为了挣钱吧？"

他说："不是，儿子已成家，我和老伴儿都有退休金，不缺钱。"

我说："是情怀，不想离开马群？"

他说："不知道，很难说清楚。"

告别牧马人往回走，分岔的路又缝合。我又回到大门口，回到刚才的原点。祁连山就在一侧，山下的牧场传来各种声音。我沿着围栏向西走，想上一个山头对望祁连。是的，只是对望。无边的苍茫，有时候反而会化解内心的堵塞。

九

回到驻地，从车上取下几包蔬菜，我提着一包一边往里走，一边喊"曹娟，嫂子"。

嫂子在择黄花子（蒲公英），大大的一堆，她说早晨上工的人走了之后她去挑的。她见张嫂晾晒了些，问张嫂哪里挑的。张嫂告诉她马场的黄花子到处都是，只一个路边就够挑了，人又能挑多少呢。嫂子便顺着公路去挑，只挑了一截截，包包就挑满了。

嫂子没说要晾晒，我以为她要做菜，那可是野味，我告诉她黄花子炒肉特别香。我买了十斤猪肉，今晚给大家做红烧肉。嫂子便做了红烧肉，没有做黄花子。红烧肉没吃完，也没人说要吃黄花子。黄花子堆在一进门的床下面，好像谁都看见了，又好像谁都没看见。

送完菜，来到房间，才发现钥匙忘家里了，麻烦，只有一把。

那天我不小心把钥匙忘在了房间，王云从窗角的破玻璃处伸手打开插销，正要翻窗，发现钥匙就在窗内，一伸手取了出来，把窗子重又弄好。今天没有那么幸运，曹娟说只有翻窗了，说着和我取下破了的玻璃。我正愁咋翻呢——那么小个口，我这么大个人，万一被玻璃碴子扎了咋办？曹娟说："我翻。"于是便翻了进去，打开了插锁门。

从我管理伙食后，面的问题解决了，我还站在曹娟的旁边一再唆使她，多放点肉，多放点肉。她就慢慢把肉放多了，汤饭里的肉能让人吃满意，菜里一半是菜一半是肉，肉和菜都剩下了，我又觉得奢侈，不好直接对曹娟说少放点肉，嗫嚅了半天，说道："王云血压升高是不是肉吃多了，你看他胖了，脸红扑扑的。"

曹娟说："那些个一吃点好的血压就高，真是个穷命。所有人都吃胖了，你看曹明，刚来的时候龇牙咧嘴的，现在牙豁上也不那么难看了。"我和她都坏笑。

曹娟又说："李斌的脸上也有肉了，邹琴子也说李斌吃胖了，我欺负她说，还是我做的饭比你好吧？邹琴子说，嗯，对对对，做得比我好。"我们俩乐得好像在当面取笑邹琴子。

下午收工回来，男人们利利索索洗完，躺床上休息去了。女人们还在院里洗衣服。

我说："下雨了，你们还洗衣服？"

曹桂娃说:"今天回来早点,把换下的内衣洗一洗。"

我说:"内衣?你们啥时候换的内衣?和男人们住在一个房子里,你们还能换下内衣?"

曹桂娃说:"昨天换下的。"

我说:"你们咋换的?房子里四五个男人呢。"

房嫂子笑着没说话。

刘桂娃说:"昨天下午房里只有王云一个男人,我对他说,你出去一下,我要换内裤。王云就出去了。"

我笑得前仰后合,问刘桂娃:"你直接说的你要换内裤?"

刘桂娃说:"就直接说的呀,不然王云问我凭啥让他出去,我怎么说?"

我说:"都怪你们,为啥非要男女混住。当初我就想,要换内衣怎么办?只是没好意思说出口。当时真巧还说,多久都能住,住三年都没问题,原来你们有高招儿。"

房嫂子眼睛笑得眯成了缝儿:"不用高招儿咋办呢,只有一间房子,分那么清楚总不能住到外面去。"

我又问:"那你们咋洗身上的?男人可是直接在院子里洗的,那天曹明洗脚,把裤子卷到大腿根,大门里进来几个人,扭着脸走过去了。当时有人批评曹明,把裤子卷得老高,大腿白辣辣的也不害羞。你知道曹明咋说的,他说,那咋办呀,总不能几个月都不洗吧,不洗等回去了,谁的大腿都是黑棒棒。"

真巧认真地说："你以为呢，我们的腿都是黑棒棒，大腿到小腿垢痂锈得黑黑的，出门在外的人就这么活着。"

刘桂娃说："就是呀，我们打工的人，哪能和你们相比。"

我愣愣地望着她们，不知道说什么了。以前听说过的这种情况原来还在，不近距离接触她们，打死我也不会相信。

真巧又说："你别不信，还有更难过的。去年夏天，我们在四场过去的黑土坝农场干活儿，蹲在地里一眼望不到头，没有办法解手，一天都憋着。下午收工时班车来了赶紧上车，等班车拉到方便的地方停下，女人们纷纷下车，都喊着男人把头转过去，下车蹲倒就方便。所有女人蹲在地上，有的女人一边方便，一边呻吟，肚子都憋疼了。"

我听不下去了，看着她们在雨中洗内衣，感到雨下得正好，她们不会以为我的眼睛湿了，而是雨水。

晚饭的时候大家都在。我说："今天我们郑重地开个会。"他们以为是工地上的事情。我说："每周男人给女人腾出一到两次房间，让女人洗洗身上。你们不害羞可以在院子里洗，想过女人吗？"所有人竟然都沉默了，自顾自吃饭。我知道吃饭的时候说这种事不合适，可饭后男人要喝酒，更容易扫他们的兴。过了半天，曹国文说："腾出来我们去哪里?"他老婆刘桂娃说:"哎呀,最多半个小时,你们在院子里转一转。"我说:"半小时不行,得一小时,没地方去你们走走步,要不蹲在院子里喧喧谎。"谁也没有说话,会议指示在沉默中全员通过。

老张把水管子接到后窗外面了,张嫂的意思是让我们从窗子里接水。李斌开水去了——闸还在井房子那边,五分钟的路。曹国文站在窗内取不上水管子,便翻过窗去取,从地上拾起水管子说:"他妈的,这么脏,找点水冲一下。"我赶快进到房里舀水端给他,他一边冲,一边说:"水管子扔在鸡食槽里了,脏屎的。"我被他逗笑了,心想,你的嘴比鸡食槽还不卫生,不带个脏字,好像就不会说话。可他却一本正经,认为我什么都笑:"难道我说错了?"

晚上睡觉前,男人们又开始喝酒。我过去给他们送枇杷——浙江朋友寄来的白枇杷,好吃,不多,特意给他们每人带了一个。他们都用外包纸擦了又擦,我说"剥皮后吃的,简单擦擦就行了",并教他们拔掉把儿,从把儿处往下剥皮。他们竟然都没吃过,其实这种水果山丹每年都有卖,网上也有卖的,就是有些贵。

晚上,小雨中打了几声雷,接着是风,刮得院子里动静很大。我的窗玻璃哐啷哐啷响着,仿佛小时候的玻璃窗,我们都在村里,炉火很旺,屋子里坐满了人。

七队的区域灭完了,上来下去灭了几遍,效果不用多说。给王主任打电话，请示明天要灭哪儿。王主任说："让你们从里往外灭，你们不听，偏要从外往里灭，你们怎么回事？"我说："一开始药没确定，都是在做实验，进得太里了药不够用。现在药确定了，药量也充足，所以进到最里面不怕药跟不上。我们的人从外灭到里，再从里灭到外，一条山沟来回灭，一个老鼠都不见了。这方法似乎很好，万无一失，漏投的鼠洞补投了鼠药，在特效药的作用下，不会漏掉一只老鼠，人走过时，再也看不到新土堆和老鼠的踪影了。"

王主任始终没说为什么要从里往外灭出来。我们猜测，那条山沟深不可测，我们投药的终点才到它的半程，往里走鼠患一样泛滥，而我们从外往里灭，可能是把老鼠往里赶进去了。我们的队友干活儿确实固执，只负责干好自己的活儿，不负责把老鼠赶到哪里去，负责的区域可以重复干，不负责的区域就不考虑那么多。他们希望干活儿自由，保证把活儿干到无可挑剔，至于方法，他们认为比谁的都多，是劳动中学会的，一眼就能看出个大概。

曹国文话最多，我们说他嘴烂，他说："总得留下个活口儿，把老鼠灭完，狼和狐狸吃啥呢？"

李斌忠厚，替别人考虑得多，连狼和狐狸的后路都想好了，他说："跟着老鼠到那边吃去。"

曹国文说："那这边的生物链不是乱套了。"

李斌说:"没事,等老鼠药失去药效,它们又会再回来的。"

曹国文还在嘀嘀咕咕:"死他妈的,动物都活得这么不容易,我和你就忍着活吧。"

李斌笑了,调侃曹国文:"你这个愣尿,不忍着活还能咋办,你以为你是谁。"

其实,七队的鹿队长每天都来看灭鼠情况,骑着摩托一路看出沟去,又一路看进沟来,也不说一句话,像是一直在琢磨什么。他对我们态度特别好,和蔼地笑,友善地交代注意安全。曹国文说:"那个人对的呢,是个好人。"其实,草原的人希望草原安宁,真的把鼠灭了他们还能说什么呢?这里的人就是这么见真。正如张嫂说的,你能给我三分好,我能还你七分真。鹿队长可能看出了我们的认真,所以不挑一句毛病。

下午六点左右,我给王主任打电话,再一次征求明天要灭的地方。他非常和蔼地给我交代:"八队的队长会给你打电话,明天早晨七点,他给你们开围栏的门,并给你们指新的地方,明天开始灭八队的区域。"

　　　　　　　　　　＋

　　落下的日记太多了，四点多钟我起来补写。五点多钟队
友们起床，我听见他们在外面生火，烧水，刷牙，洗脸。六
点多钟，八队的人打来电话，问我们几点过去，我说七点
多过去。正说着，我听着队友们开车走了。

　　煤烟中毒了。我浑身乏力，头晕，脑子里装了一个重重
的东西，走到哪里都有股煤烟味，好像煤烟在跟着我走。没
法看书，更没办法写日记，需要去置换呼吸，走走步，让
浑身的血液快速循环。

　　我去找队友，到新的区域看看，在草原上走一走，了解
一下工作情况。

　　听说在鸳鸟湖边的小木屋旁边，找到那儿，没有队友。
打他们电话，没一个通的，可能去了没信号的地方。想找也
找不到，我便在鸳鸟湖附近转悠，呼吸着新鲜的空气。草原
上安静极了，只有鸟虫的声音不曾歇息。远处山坡上有一群

牛，阳光正好照到那里，像谁搁了幅非静止的油画。

围栏边站着一位中年男子，黄大衣，迷彩帽，帽子下戴着脖套，脖套拉到头上，把脸露出部分来。旁边放着摩托车，一看就是他的，他和马场草原上所有牧人穿着一样，也都有一辆摩托车。

我走过去问路："八队的草原怎么走？"他说："还远呢，顺着沙路一直走，走到槐溪小镇就到了。"我刚要走，他说："马群来了，你不看吗？"我一回头，路那边果然来了一群马，迎着朝阳，踏尘而来，马群在尘雾中披着金色的光，起伏涌动。还没到来，我与那男子聊了起来。

"你也是牧马人？"我问。

他说："是的，但我今天不放马，我是来拉骑马的。"

我问："什么骑马？马不是都可以骑吗？"

他说："不是，骑马是专门供人骑的，我的骑马专门供游客骑。旅游季节到了，骑马要挣钱了。"说着，他从摩托车上取下五根缰绳，马群开始过路了。

我问："还有别的骑马吗？"

他说："有，但很少，不挣钱几乎没用，白养不起。马不是一般的家畜，马是高贵的动物，不是一般人能够养的。可一旦养了，就得有用处，现在的马最大的用处就是旅游收入和采血（清），不像公家，白白养着也有条件养呢。"

我说："你们场不是没有采血的马吗？"那天，一队饮马的人说，他们没有采血的马。我以为是马场没有采血的马，究竟是怎么回事？

他说："有，有一些，但是不多，几匹实验马。"他说得含含糊糊，可能也是说到采血马了，有避而不想谈的原因。为什么避而不谈呢？一队的牧马人为什么会说马场没有采血马？他可能把采血的实验马忽略不计了。我已经给朋友说了，马场没有采血马，只有骑的马，而且公家养得多。这不是误会吗？一队的牧马人为什么要那么说？他是不是很烦我，他烦我什么呢？

马群来了，踢踏踢踏的，好像没有多少精神。只有在下坡时跑了起来，也不怎么紧迫，可能是缓冲的原因。到了水边，有的马不喝水，只是静静地站着。正好汪峰带了无人机来摄影，马好像站好了让他航拍，一种约定俗成的样子。我没有抓到好镜头，问汪峰："早晨的马怎么没有精神，蔫嗒嗒的？"汪峰调皮地说："还没有睡醒。"

那男子从马群里拉出五匹马，朝岸上走来，油光滑亮的五匹马，特别漂亮，不像马群里的马，有的身上还背着没有褪尽的老毛，看上去有点乏。

他拉着五匹马走到围栏边，正要拴住，最漂亮的白马却跑了，它跑得那么勇敢，那么矫健，追着喝完水的马群去了。我猜想马群里一定有它爱恋的马，它才不顾一切，追赶而去；或者马也喜欢集体生活，集体中有强大的呼唤，生命

祁连山下有牧场

不会下沉下去。白马一定是匹好马，有生命意识，不甘于离群，也不甘于下沉生命。它的主人一直在叫它，它不管不顾，径自向马群追去，发出了长长的嘶鸣。主人拴好四匹马，骑着摩托车追去。白马没有飞奔，一面看着马群远去，一面知道逃不脱追赶，它降低了速度，一直看着马群，等主人的摩托追来。我不懂那么矫健的马为何趋于服从，是惯性，还是害怕？或者它聪明地明白，主人绝不会放弃，直到让它驯服为止。

我继续向八队走，也是槐溪小镇的方向。一路走，一路在找队友，他们的电话还是打不通，深山不见人。路上的水坑让我心里不踏实，跌了一次又一次，想绕也绕不过去，昨天早晨才洗的车，已经溅得不成样子，我也被颠得晕晕乎乎。这样的路，要么是没人管，只走牧民的摩托和牛马；要么就是车走得太多，被轧坏了。没错，这里通向槐溪小镇，旅游旺季车水马龙，骑马的、开车的，拥挤在路上。再不能往前走了，路无穷尽，而我的目的地没有信号。我觉得没那么远，再远，他们中午回来吃饭的时间太仓促。当感觉前方的路不对时，要及时停下回归自己，仔细想想，应该去做更为正确的事情，而不是盲目地把不确定的路走下去。

正好去看望《八点读书会》的主持人云洁的父母，许了很久，不是我忙，就是他们忙。这次从城里刚刚回来，带的水果正好新鲜，这是我特意准备的，一定去拜访他们。

先打了电话，云洁父母不在队上——昨天下雨，他们回到了场部的家里。我便往场部赶，正好是返回的路线。

云洁的母亲出来接我，他们家就在第一栋楼一单元一楼。家里整洁雅致，像知识分子的家，看不出与牧人的联系。云洁父母就在八队，他们的牧屋正好也在槐溪小镇的旁边。他们正准备去牧场，我却打电话要来拜访。我打算简单聊一会儿就告辞——不能耽误牧人工作，他们身后还有一群大嘴哞哞叫着在等他们。

从交谈中得知，一场的私人牧场全部是牛，一家限牧六十五头，一千三百亩牧场，加上四金一年上缴两万元承包金，等于职工自己创收养活自己。

我认为他们的生活简单而真实，不用刻意打扮和化妆，穿着自己舒服的衣服就行，生活实实在在。云洁父亲说："是啊，可有人又觉得单调。"云洁妈妈说："我也觉得我们这里很好，实实在在生活，实实在在做事。"其实我们所说的，共同总结是，这里适合中老年人生活，不适合年轻人生活。因此，可以说，马场是一群中老年人坚守的地方，这群中老年人一旦离开，马场真的就只剩下机关工作人员了。那么以后的牧场，将不再有纯正的马场牧人，只能招来打工人放牧了。那样的话，这里将会跟哈尔腾没有两样。人与土地没有亲情，也就对草原没有怜惜情怀。工人只是纯粹的放牧，也许爱马爱牛，但不会有多少人真正爱马场和草原了。

放牛的人都身大力大，像牛一样壮实，那是他们付出爱心，久而久之产生默契而形成的一种共同气质。他们身上正能量特别饱满，是在天大地大的环境，在牛群强壮的气场练就的精神气质，是这高原上最硬的精气神，是一天天练出来的，完全可以扛大梁，甚至保家卫国。

云洁母亲说，她有八个干儿子，都是小时体弱多病，要找能量正而足的干爹干妈压毛病子，云洁父母便成了首选，"都给压住了"。他们的干儿子都是高高大大、身材魁梧，英俊帅气的小伙子，都有出息。他们的女儿云洁更不用说，考到北京上大学，自己找工作，每次应聘都是一次通过，从市里到省城，是一流的主持人，特别懂事。爸爸想女儿的时候问女儿："你一定没钱花了，爸爸给你转些先花吧？"钱转过去云洁也不收，又退回来。

告别云洁父母快十二点了，我回到驻地，曹娟正做午饭。早晨走的时候，队友们说好中午回来吃饭，再不吃馍馍凑合了，这说明他们开工的地方距离近了。我反而没有找到他们。今天是第一次中午回来吃饭，曹娟做的凉面，人还没回来就已经下好了。我怕凉了，打电话试试他们出山没有。结果已经出来了，李斌接的电话，说马上到。等了二三十分钟才来，他们说不在槐溪小镇那边，还在七队灭鼠的山沟翻过山梁的牧场，只不过没那么远了。

下午我跟他们去认新的区域，顺便看看那里的情况。鼠害不多，无处不在的绿地，山上山下植被结实得铁锹挖不下去。有土堆和土崖子的地方有鼠害，其他地方很少，只要有金露梅的地方几乎没有鼠害，可能是金露梅遮挡太阳，不利于它们放哨，也不利于逃跑。这验证了一个观点，越是生态好的地方灾害越少，也证明了有的植物本身就是防范鼠害的法器。

我跟着他们走了一会儿，高原气喘让我们一次次想到在哈尔腾。不同的是，这次有了经验，海拔也没那么高了，气喘也没那么厉害。男人拿铁锹挖填鼠洞，女人往洞里投药。女人们用铁丝做的长钳夹一坨牛粪，倒上药，塞进洞里；男人赶快挖土填住。劳动中出智慧，药瓶都拴根绳儿提着，倒药的时候拧开瓶盖倒一点，再迅速盖上，熏不着自己，药效也跑不了。他们漫山遍野在灭鼠，其实一只鼠也没有看到，只有鼠洞被埋了。大概是鼠看到我们都逃了，或者闻到化学药品味，集体向后做了撤退。

我坐在车上开始打字。打开的车门照进阳光，温暖到舒服是此刻的享受；空气极好，鸟虫的叫声是悦耳的伴奏。

我的思绪瞬间打开，雪山、草地、绿色山丘、牛羊、马群、马兰花、金露梅、奔跑的野兔、观望的旱獭，通通进入我的脑海。原生草原植入，声音、图像、意境，从近到远，空旷到无限。从远到近，清晰得好像自己就是虫子。感觉好极了，我置身于空灵之中，一切为我输送能量，我融于草原，清晰地归真自己，一行行字如行云流水。

十一

　　三天前，走廊里又搬来一伙张掖邻居，一场机关大楼新建而成，他们是来装修的。五男两女，女人住在我们的大房子隔壁，在大门过道的右手边；男人住在正西头的大房子里，与南跨过来的老张夫妇是隔壁。老张夫妇的东边与我是隔壁，我住在大门过道的左手边。

　　张掖邻居的厨房也在大房子里，炊事员是女人，五个男人里没有她的丈夫，不好共处，又找了一个女的做伴。两个女人轮换着做饭，一人一天，做完饭也去干活儿，再提前半小时回来做饭。今天她们炸油饼吃，我们的人闻到了香味，不由自主馋了起来。我去我们的大房子时，女人们给我讲，馋得要流口水。我说："你们让嫂子也炸一些。"刘桂娃说："你给你嫂子说，我们咋好说呢？"我说："我也不好说。"刘桂娃说："你是老板，你都不好说，我们咋好说？"但我还是不好给嫂子说，我心想，嫂子若是有心意，她自己就会给我们做的，说了反而像命令。自己人怎么能够命令自己人？

想想在哈尔腾时，没有办法买馍馍，邹琴子两三天蒸一回。她蒸的包子特别好吃，我喂过流浪的小狗，但小狗没吃上，被大黑狗抢去吃了，邹琴子骂我自作多情。

老张说一队那边卖牛奶，不远，就在我们对面的山脚下，最南边上。我跟嫂子说，可以打些马场的牛奶让大家喝，早晨一人一碗，泡上馍馍，比鸡蛋汤耐时，营养也好。太阳快落山的时候，队友们还没回来，嫂子让我去买馍馍，没说牛奶的事，反而提醒了我。

我顺着对面的那条巷道去买牛奶。新的旧的平房很多，不知道哪家是卖牛奶的。问了门口聊天的人，给我指："最头子上，养牛的地方。"我便往最尽头上走，一路都是圈棚，有荒置的，也有正在圈牲口的。正是草绿的时候，牲口放到草原上去了，只有羊群回来，但相比牛和马，羊是极少数。快到尽头时，一只狗从墙角跳出来，吓我一跳，心咚咚咚跳了起来。幸亏狗拴着，只跳弹了两下，我很快就不害怕了。这里的狗似乎都有一个特点，只有风声没雨声，扑腾几下就不扑腾了。不是它们不凶，是它们见过的世面太多，见怪不怪。

我退回来，寻一条新路往前走，不知不觉进了长长的牛道，满满的一道子蹄印，蹄印上落满了牛粪。幸亏靠房子的一边有一步宽的水泥落水，约20厘米高，能走一个人。牛群来时，胆小的可以躲上去，定定站着等牛群走过；胆大的就与牛群同进，走出牛道。而现在没有牛群，我也觉得阴森森的，像一条歧途。如果不赶快走出去，万一牛群来了吓也要吓出一身冷汗。我快步走出牛道，从人工配牛钢架旁经过，看到长长的牛圈前墙有牛脖子高，花栏铁门开着，圈里没有牛，大概也到草原上去了。我走到一个白墙的房子门前，看到房子右前方有一个大大的牛圈，里面有牛，边上有羊，哞哞咩咩叫个不停。白墙的房子是新房子，门前停着一辆摩托车，樱桃红的门帘闪了一下，我看见里面有人。

我站在门口轻声问："有人吗？"

一个男人揭开门帘。

"干啥的？"男人问道。

"你们这里打牛奶吗？"我问。

男人迟疑着说："现在……"说着他走向另一个门，对着里面的人问，"还有牛奶没了？"

只听到一个女人的声音："我刚刚烧开，做酸奶着呢。"

我前走几步，闻到香香的牛奶味，热气腾腾。多久没闻到这样的香味了，若非在牛场，哪里还有这样纯正、原汁原味的奶香。

男人女人都很和蔼，谨慎里透着热情，告诉我早晨才挤牛奶，谁来了都能打上。现在只有酸奶，一桶四斤，25块钱。我买过那么一桶酸奶，就在一场街上的小店，40块钱。

我说："明天来打。可以留个电话吗？"

女人对男人说："你把我的电话给说一下，我还没有记住。"男人脱口而出，并说他们姓李。我记到通讯录，备注：一场牛奶李嫂子。

李嫂子说，圈里的牛是挤奶牛，早晨挤完奶放出去，下午收回圈里第二天早晨再挤奶。羊每晚都回圈，不然晚上容易丢，不是被狼吃了，就是找不见了。

告别了李嫂子，我要去街上买馍馍，这才发现，卖牛奶的地方直直对着进景区的收费站，也是自然保护站的检查口。早晨我还去检查口送常出入人员身份信息，这是第二次送，要求把车辆也加进去。我说："之前没有说，打印的时候不知道，手写补上可以吗？"保护站的人说不行，让我回去重新打印。我说："你们场没有打印铺，这个是你们场部办公室打印的。"那人说："那你就再到我们场办公室去打印。"我没法解释，那是老板打印的，他厚着脸皮图了个方便，我怎么能随便去打印呢？没有办法，我只好发到公司微信群里，让老板明天上来时打印好了顺便拿上。

一场的街上已有游客在晚饭后散步，都过了收费站向景区走去。这时候不收费，也不盘问，一看就是留宿的游客，已经办过手续了。

饮食店与住宿处基本开业了。海元山庄门户做得古色古香，玻璃门左边贴着"住宿"，右边贴着"餐饮"。一副对联通俗大气，上联"马场宝地千年旺"，下联"福照山庄万事兴"。

一个叫丹马厨房的还没开业，从简单的门牌看，是旅游旺季的及时性"厨房"，专卖马场特色风味。我在"厨房"斜对面的好运福超市买了十个饼子往回走。路上的"迷彩服"走着或站着，走着的不急不慢，站着的在聊天，也有一个人站着的，不知道在干什么。街道并不冷清，给人的感觉不像城市，也不像现在的农村，更像我们小时候的居民点——晚饭后的人闲着，不是到庄门外聊天，就是蹲在庄门口看街，人其实不多，但就是看着那么随意。一场的街上也一样，随意得毫无理由，只有迷彩服与那时候不同。

操场对面有个大坡，东边通向公厕和卫生所。西边是操场，操场上七八个女人在跳舞，配乐是《可可托海的牧羊人》，满大街都能听到，好听又空旷，这里的环境也似乎应景。

上了坡，右手边一个卖炒拨拉的红牌子十分醒目，店铺门牌叫"舌尖口福"，配以小字：胡辣羊头、羊蹄、烤肉、炒拨拉。往前是老年活动室，没有开门。对面稍微错开一点是富升隆餐厅，徐场长家开的，我们在里面吃过饭，本地特色齐全，吃不够，生意兴隆得不亚于城里的餐厅。南边是白云餐厅，特色也很齐全，仅次于富升隆餐厅。再南边是丹马情馆子，早餐有牛奶，一杯8元，臊面、酸奶、包子都贵得离谱。

回到驻地，曹国文和曹明从窗子里拉进水管在接水，地上放着四五个桶子，张嫂和张掖邻居的也在里面。水管子虽然拉进了窗子，但水闸还在后院的塑料大棚里，不过塑料大棚早已废弃。后院很大，来回约走五分钟。李斌开水闸去了，开了在那边等着，等这边把水接够，给他打电话他再关闸回来。

我对曹国文和曹明说："很遗憾，没有打上牛奶，约到明天了。"

张嫂说："你们要打黄牛奶子吗？你们若要牦牛奶子，我给你们预订，但一斤牦牛奶子15块钱。"

我说："怎么那么贵，都是牛奶呀？"

张嫂说："不一样，牦牛奶子做出的酸奶像豆腐，一头牦牛最多才挤三斤奶。一头黄牛最少挤五六斤奶，做出的酸奶稀汤汤。"

我说："怪不得，是不是牦牛也比黄牛凶，刚才我走进一个牛道子里，莫名其妙害怕起来，万一进来一群牛，我在里面可咋办呢？"

张嫂说："没事的，黄牛不伤人。牦牛一般也不伤人，人不要乱动，一乱动牦牛以为要伤牛娃子，它们就会攻击人。"

张掖邻居的房门大开着，我走进去想活络关系，一进门就看到鼓尖的一盆油饼子。女炊事员热情地让我吃，我吃着一个，和他们聊天。他们是张掖和平乡的，都住在张掖城里的楼上，经常搭在一起搞装修，是一群老熟人。他们的活儿十来二十天就干完了，明天还来两个人，加紧干完赶着去干下一个活儿。

男人们躺在地铺上看手机，我和说话声最大的女炊事员说闲话，此时她声音温和，不知道大嗓子哪里去了。我吃完一个油饼，她起身又拿来一个让我吃，我说不吃了，她非要让我再吃一个。一屋子男人也让起我来："再吃个，再吃一个。"我只好再吃一个。吃的时候，女炊事员拿起桌上的扑克牌问男人们："来，打扑克。"男人看着我们在说话，都不起身。女炊事员又问一遍，其中的一个男人说："有油吗？有油了就打。"女邻居看着我笑起来，我没明白什么意思。她说："有油吗，就是赢钱吗，不赢钱他们不玩。"我说："好话，你们平时玩也赢钱吗？"他们说："也赢——就是玩的，能赢多少钱？"我说："那你们玩吧，我回去了。"

告别出来，我手里还拿着半个油饼，到大房子里让给曹娟，让她尝尝，尝得香了给我们也炸些吃。她撕了一半给王云，她吃了一半。

十二

我们住的地方不安静了，晚上是大团圆，说的说，唱的唱。五间房子里住了十八个人，明天还要来两个。我只好早早把自己蒙到了梦里，可还是被吵醒。维持到四五点钟起来补日记。白天事多，脑子被搅乱了。大伙儿上工后，整栋房子安静下来，能写的时间也不多，不是跑工地，就是跑项目部和草原站。因此，白天耽误的事情只好夜里补。

写着写着，感觉置身于空灵的世界，飞翔于文字的海洋。突然听到开门声，谁走出来，哐当一声，打开大门，出去了，片刻工夫又回来，哐当一声，关上大门。室友大概被吵醒了，也和他一样开门走出来，哐当一声，打开大门出去，又哐当一声回来了，开始在我窗根下捅起炉子来。是曹娟，也可能是王云，他们要生火烧水了。

很快便闻到柴烟味，一个人起来了，又一个人起来了，接着都起来了，人声多了起来，队友们在院子里开始洗漱。

这时曹娟已做好鸡蛋汤，洗漱完的人就着馍馍吃早饭，悄声静气地，好像还没有睡醒。六点半吃完就走了，赶七点钟开始干活儿。劳动的人开启了新的一天，街上的车声多起来。而我却关上电脑，要补觉。

刚迷糊了，又被一系列早晨的声音吵醒。张掖邻居起床了，老张两口子起床了，一场的号声响了，一系列声音在走道里和院子里响着，可我反而困得不行。

还没进入睡眠，号声结束，广播又响了。不知何时起，广播成了一种时间、提醒，在固定的时间响起。

广播从6点58分开始响到八点半，机关的人上班了，广播也播完了。似乎广播时间不是做安静的事的时间，而是要像部队那样，在号声中开始一天的振奋激昂。

我的瞌睡几乎没了，起来洗漱，吃早餐，看老张两口子喂马，备马鞍子，感觉这样的时间有一种集体感。

给卖牛奶的李嫂子打电话，没有人接。一会儿她又回过来，连声说对不起："把你哄下了，明天是儿童节，场里的人要回山丹和张掖的家，要些酸奶，我只好把你订下的牛奶做了酸奶。"

已经做了有啥办法，我只好说，我会向队友们解释，让她明天一定给我留下五斤。

自然资源局一位领导问我："你们在马场干多少活儿，

一亩地多少钱？"我告诉他，灭鼠、围栏、种草、灭虫，各一万亩，一亩地连工带料 30 多块钱。

他又问："各种措施不在同一块地上吗？"

我说："不在——也说不上，现指地方。"

他说："一亩地国家给 100 元，是你们招标时压价了？还是马场省钱了？"

我说："竞标，我们报的价格。不过这价格是很高的，从来没这么高的价格。"

那边沉默，半天不说话。突然又说："祁连山有些修复工作应该休停几年。"

我说："是啊，自然有自我修复的功能，任何力量都代替不了。"

十三

　　我和杨琪、王云坐在马场长办公室等，畜牧站王主任的绘图还没有出来。等的时候，八队的李队长和马队长也来了，都是只通过电话，没有见过面。马队长认出我们，友好地打招呼，生疏感一下子消了，心里踏实了许多。

　　今天去的地方路况不好，马场长在平台上要了路虎。他们坐他们的车，我们坐我们的车，一起出了机关大院，竟然忘了把监理叫上。我们在旧牛场前面定地方时，监理打来电话，问我咋没叫他。杨琪牛哄哄地对人家说："场长没有安排，你跑上来干啥?"毫不留面子，不知监理说了啥，我听着都憋闷。

　　围栏几乎都要外扩，要把旧的取掉，把新的扩到紧靠路边。所有的绿地都要围起来，溪流和泉眼也要围起来。我看着绿地上、溪流边悠悠闲闲、天外宿主一样吃草的马，突然为它们担心起来。它们都是私人的马，没有牧场，专门在公家的开放地放牧。如果加了围栏，它们要去哪里吃草？而从路边经过的游客，再也不会看到天马悠悠，再也不会看到水草和马背上传来的牧歌了。

再没有闲地了。怪不得老张发愁，他在开放地放牧，因为养的马和羊不多，所以没有承包草原，围栏以外的路边、水泉子边足够放了。有时马和羊偷偷跑到私人家的牧场，一看是老张的，都是熟人，也睁一眼闭一眼，让吃一会儿——反正自家的牲口也吃不完。马场的草原丰富得很，就这么放着吃着，老张也放了好几年羊和马。那天他突然说："看来没法养了。"他以为我们是来围他放牧的那些开放地的。后来他又问过好几次："你们的围栏要围哪里？"我说："还没有指地方，等指给我们，我告诉你。"这不，今天指的是旧牛场这边，还有去槐溪小镇的路边上，没在老张那边，我替他放心了。

马场长说："你们先围这些，大概是任务的三分之一。其他的我们还得汇报一下再做研究，赶你们把这些围完，研究方案就出来了。"

场长、站长、队长们都朝平羌口的山里去了，听说那边还有规划。我们和一队的郝队长告别，各回了各处。

我们回到灭鼠现场，一个牧人正和曹国文说着什么。走到跟前才听明白，牧人向灭鼠的人告饶，不要把鼠类灭光了。

"灭光了，黄鼠狼、狐子和狼没吃的，就吃我们的牛娃子呢。"

曹国文说："给你们的领导说。我们是干活儿的，管不了这事。活儿干不好，验收不通过怎么办？你负责吗？"

我听明白后，对牧人说："你放心，我已向领导汇报，不能全部灭除，要留住根。"

牧人说："留个根能够狼和狐子吃吗？你们这是搞破坏。"

我说："这是国家项目，怎么是搞破坏呢？"

那人一听不说话了，带着一脸不服走了。

我没去灭鼠现场，因为有许多困惑，不知道怎么面对。下午收工回来，王云说指定的灭鼠区域灭完了，让我问一下王主任明天再灭哪里。我打电话过去，王主任说："明天上班了我看看电子地图，加上牧民临时要求的面积，你们的灭鼠任务应该完成了。"

一早，我和王云到王主任办公室，他桌子上放着两本《山丹军马场志》，一本新志，一本旧志。新志已经借到了，我借了王主任的旧志，迫不及待打开要看。我们一起看王主任的电子地图，果然我们的任务已经完成。马队长逐个儿打电话问牧场主，问灭鼠效果怎么样，有没有需要补充的地方。都说，不见鼠类了，路边的鼠洞也埋住了，效果不错。只有张三还有一个沟槽，要求我们过去灭一下。我们便通知队员，上草原干活儿。临出门时，王主任交代："把那个沟槽灭完，灭鼠工作就全部完了，接下来你们准备围栏工作。"

我们到达张三的牛圈时，他正和一群人在剪牛毛。牛圈里的牛退缩在圈墙边，呼呼吭吭地观望着，随时准备防范和抵抗的样子，却又一个都逃不过绳子和剪子。圈中间人来人往，剪毛的、装毛的、压牛的、绑牛的。蹲的、跪的，嚓嚓嚓，剪刀声被风刮走了，牛毛随刀而落。

队长把张三叫出来，让他带我们去那个沟槽。张三告诉我，他不是马场人，是来马场租牧场养牛的。他是武威人，来马场已经五六年了。剪毛的人是雇来的，马场专门剪毛的匠人，特别利索，一个早晨能剪完一圈牛的牛毛。

我趴在围墙上看剪毛，看着看着思绪万千。倒在地上的牛乖乖被剪毛，剪完了松开绳子，牛自己站起来，背着一身剪乱的茬子，半天回不过神来。牛显得很无辜，像被剪子爱恋过，又像被绳子强奸过。剪毛人说："看，轻巧了，也凉快了。"牛回不过神来了，真的是笨牛。

放倒的牛全部剪完，又一轮抓牛开始。男人们甩着缰绳往牛角上套，套上后迅速一拉，活绳扣变成死绳扣，牛就被套住了。几个男人拉住缰绳，一个男人慢慢靠近，左手抓住牛角，右手抱住牛头，用肩膀顶住往倒里放。牛脖子被扭到牛受不了，牛便被放倒了。轻而易举，再强壮的牛也抵抗不了人的技巧。实在健壮硕大的牛，人用双手抓住两只牛角往一边扭，使劲用肩顶牛的脖子，也被放倒了。牛被放倒，人赶快坐到牛脖子上，另一个人绑牛蹄子。左蹄和右蹄绑在一起，等前后蹄子都绑好了，让牛躺着去，再去绑其他的牛。等绑完一地的牛，剪刀才会动起来。绑牛的时候非常有趣。两个女人专门是压牛的，一个年长，一个年少；一个白头巾，一个粉头巾。男人把牛放倒，女人就过去坐在牛脖子上，也不看牛，只看着远方任男人绑牛。等男人绑好，女人起来又去坐下一头牛，仿佛她们专门是坐牛的。女人坐不过来，也有男人来坐牛，但显然有些浪费力气——男人本来是套牛、抓牛、放牛、绑牛的，却让他们也坐牛，活儿就慢下来了。没有办法，只有两个女人，坐不过来。坐牛也得有本事，是练出来的。圈墙边的女人就不敢坐，她们说，牛认生呢。

坐牛的女人也剪毛，手法比男人巧妙，剪刀走过，一道黑云倒向一边，牦牛的皮肉就露了出来。牛也怕剪子声，它们紧张得血管膨胀。一头牛的背上被剪去一块皮，让人心疼。男人问女人谁剪的，女人问男人谁剪的，都不知道，剪的时候没有察觉。也就是牛，如果是人早疼得喊叫了，至少得贴个创可贴。

正是下牛犊子的时候，牛群里跟着黑牛犊和黑白牛犊，看上去并不像大牛那么惊慌。可能大牛已告诉它们了，它们还小，不剪牛毛。牛犊们被赶过来赶过去，大牛把它们保护得好，它们自己也防得好，让人放心，甚是可爱。

　　一辆摩托车驮着两个人上了立陡陡的圈坡走了，一辆小车给一辆厢货车交代了什么也开走了。我也该走了，那条沟槽该灭完了，队友们要回来了。

十四

　　能回的人回城过端午节，回不了的只有少数。与其他回家的人一样，每逢佳节，马场人回家的仪式感比节日本身隆重。围栏工作推后，等端午节过完，围栏材料进来入库以后，才能开工。

　　曹娟和曹明提出回家。他们说：“三天半呢，没事蹲在马场有意思吗？”于是收拾东西，该拿的拿上，该放的放好。没吃完的菜还有很多，全部包起来从走道里拿到大房子里，放了一堆。剩下的灭鼠药也要带走，放在这里不安全，鼠灭完也没有用了。临走时王云问我：“回去再来的时候，女人们来不来了？”我觉得突然。围栏需工量更大，四个男人怎么能行？不过体力活儿多，女人干着吃力，即使男女搭配，主要还得男人多干。可我又不忍心辞退女人，主要也是舍不得她们在时的热闹；并且，兴师动众雇人家来了，才干了十来天，再毫不留情让人家回去，咋张这个口呀？王云看我为难，轻声说："先回吧，回去了再商量。"

四个女人坐我的车，动身时已经一点多了。她们坐在后面叽叽喳喳，放下窗玻璃拍个视频又笑得嘻嘻哈哈。我被吵得有点烦，皱着眉头装作认真开车的样子不说话。

到了城里，真巧要买红枣，房嫂子要买些沙葱，刘桂娃和曹娟也下去了，我坐在车上等。城里比马场气温高，我们都穿得太厚了。我脱掉外衣，仍感觉自己像个外来人。既不像街边聊天的人那样清凉，也不像真巧她们回来就进入了新的激情。我是多么迟钝，太难以进入新的局面。进入又难以撤出状态，往往把自己搞得内耗到受伤。看着车上她们的包裹，感觉她们的热气还在，人却去了新的地方叽叽喳喳。我突然看到，曹娟的包包拉锁被撑开了几寸，前几天我给她的人参果和油桃露了出来。那是拍影像资料那天杨琪给我的。我不能吃人参果，有点过敏；油桃又太硬了，吃了一个胃里不舒服。我都拿给曹娟，让她和大伙儿吃——都好多天了，怎么还没吃完？她可能怕放坏了，带回家让孩子们吃。还有一包馍馍，只有炊事员才知道没有吃完。

一会儿工夫，她们回来了，每人买了几斤排骨，说回去要垫面卷子吃。这种家常便饭，在一场时没有高压锅，怕垫不熟，只好做了几顿红烧肉。面卷子的面比肉香，大家公认。山丹人都有相同的面瘾。

到双桥时，男人们的面包车也到了。我才知道，有半桶药因为难闻没有拉回来，也没有放进房子里。王云说放在了院子的墙角边，用纸板子和木柴盖住了。我有点担心，一再交代必须严密保管，怎么又放到院子里了？

后来听王云说，女人们把瓶子里剩下的药投回去时，漏在了桶子外面，味道太大，放在房子里实在难闻。

王云说："包得严实，最上面盖了柴袋子，别人根本看不出来。"

亏他想得周到。那院里有的是柴，但装在袋子里的只有盖药的那些，不会有人见了方便而起歹意吧？

王云的儿子王东出来帮爸妈拿东西，让我进屋："婶婶，家里坐一会儿再走。"我说："不坐了，赶快回去准备过节。"突然记起，他从公安局调到马营镇派出所了。问他什么时候上班，他说端午假过后。

我说："好好锻炼，两三年后回城，就有竞争的机会。"

他说："没用，没有编制，又不提工资，发配到乡里先待着去。"

我问："干多少年都不入编，也不提工资吗？"

他说："协警就是这样，招聘的时候已经说清楚了。"

我说："那你该考虑干别的了，趁你现在还年轻。"

他和他爸都不说话了，可能是没有头绪。其实我想告诉他，只要肯吃苦，什么都不用怕。

十五

雨从昨夜开始下，天亮时更猛了。本想去折柳枝和沙枣花，再采些艾草，可是雨越来越大，只好作罢。我趴在窗口看雨，不知道端午下雨有没有说法，只知道农历五月十三下雨有说法——周仓给关老爷磨刀呢，因此叫作磨刀雨。磨刀雨珍贵，注定这一年庄稼会丰收。

下午四五点钟雨停了，太阳出来，天空像洗了一样纯净。我去给母亲送糕卷儿，听母亲说"三月有雨四月旱，五月有雨吃饱饭"，才知五月的雨知时节。然而，南湾村发山水了。山水从山上下来，顺着墙根流过村道，一直流到今年扩整的庄稼地里。山水没处流，只好从庄稼地里流过。幸亏南北高，中间低，南山流下的山水经过庄稼地，一直流到最低处，被高出来的佛山公路挡住了。一时之间，庄稼地汪洋一片，旱乡变成了水乡。

公路上散步的人说："抽啥呀？即使水抽光了，淤泥也把庄稼埋掉了。还不如把水留下，等于拾了这么多水，过几天抽上浇地。"抽水的人说："不抽咋行呢？人家的玉米总不能不管。"

与王云电话商量，要趁这几天休息，把模拟围栏的旗子准备好，到时候模拟插出来，请一场的领导过去看，如果合格，一次性把这一段干完，再模拟下一段。王云说："今天就准备，上工时就准备好了。"

他又问："女的去不去了？灭鼠的时候有人说，灭鼠比地上干活儿苦，可围栏比灭鼠还要苦。"

我说："就看她们自己愿不愿意去了，毕竟工资比地上的高。"

王云说："肯定都去呢，只是嘴上说说，再说工资高。"

我说："那就让说说好了，只要能把活儿干好，话让人家说好了。"

王云说："万一干围栏的活儿更苦，又说得更难听呢？不行还是找马场的人干吧。"

我说："只要有人的地方就有话说，只要是人，都会说这说那。我们只管做正事，由他去说好了。"

王延把时间推到了 6 月 10 日，如果到那时还买不到栏杆，还得往后推。杨琪从张掖赶到山丹，专门与王延研讨并解决下一步干活儿的事情。打电话请示一场管总务的场长："要不我们先种草，等预订的栏杆生产好了再做围栏？"场长答应了。可管草原的场长不答应，说种草的区域还有马牛，六月中旬才能撤走，撤不走不能种草。

　　只有等栏杆了，但愿到张掖能够找上，顺顺当当一起去复工。可是，听王延说，女人们不去了，先让男人上去干。他和他哥说的一个话，女人们先不去了。可女人的行李还在马场，做围栏不去的话，种草和灭虫更没有女人干的活儿了。这意味着女人的活儿到此结束，只剩下我和曹娟两个女的了。她去做饭，我可去可不去，去也主要是写作，和一场的衔接工作王云已经熟悉了，他可以代替我。

　　王云又找了 65 岁的四叔。难道四五十岁的女人干活儿，不如 65 岁的四叔？更何况四叔有胸膜炎，身体也较单薄，在海拔 1700 米的城里都老犯病，突然让他去海拔 3000 米到 3400 米的地方干体力活儿，这真有点不负责任。一场距离县城 90 公里，万一出现紧急情况，抢救都来不及。一场卫生所条件有限，即使实施紧急抢救，那也只是个卫生所而已。他们都说我太小心，而我觉得生命大过一切。我让王云给四叔说说，最好别去了，王云给四叔说去了。

　　晚上，我问王延："万一 6 月 10 日上去，那么多肉和菜就坏了。要不明天我上去看看？顺便看看那半桶药动了没有。"王延说不急，如果明天 2000 米栏杆落实了，后天就立即上。

晚上杨琪请我们吃饭，由于太迟，我没有去，杨琪便买了一包水果让王延带来，说我住在监工这里辛苦了。还送我一串开过光的紫檀手珠，特别红，油光锃亮。我谢过杨琪，把手珠收藏起来。我不懂紫檀，但听说木质手珠戴很久才能戴出油光。再说那么大的珠子，也不适合我戴，只能是藏品。

栏杆联系不上，不得已工期后推。全张掖符合标准的水泥预制厂就那几个，这时节所有草原围栏项目都需要栏杆，预制厂还要生产其他水泥产品，门口排了长队。

一周以后，沟通好要开始撒播。刘桂娃、房兴莲、真巧三个女人没有来，来了也没有她们能干的活儿。曹国文也没有来，去了建筑工地当大工，一天工资五六百。他那点手艺活儿也落后了，只能在农村泥墙时施展一下，却也比王云、李斌他们强一点。王云、李斌、曹明、曹娟来了，开着四轮子、面包车、大厢货车。

到一场时刚刚八点半，单位正好上班。我们到机关大院找王主任去指新的地方，迟了一步，他开会去了。等到九点多钟，各队队长开会出来，站长和场长们接着开会。给王主任打电话，一直占线，打第二遍，他发来消息："正在开会，稍后回复你。"我们便在大院里等，约等了一个小时。

王云说："要知道等这么久，我们就把车先卸了。"

我说："要不你们回去卸，我一个人等着。"

李斌说："人都快等来了，我们又回去啊。万一马上去指地方，我们又得丢下活儿赶过来。"

王云说："那就再等等吧，估计也快开完了。"

我们和八队的马队长打招呼，他说领导们又开办公室会议，让我们再等会儿。我们便在院子里闲聊。我问马队长："现在看到的祁连山以前有雪吗？"马队长说："有啊，以前七月份都是雪山，这几年雪早早化了，五月份雪就不见了。五一还下了一场呢，没一个月全化了，没有办法，现在气候变暖了。"

我又问他："听说你们每年三月要查牧。"

他说："是的，每年要查四次，一个季度查一次。有时候查五六次、七八次也说不定，要看查的什么。"

我问："一千三百亩牧场养一个职工，是不是一半退给了自然生态。"

他说："不止一半，有的牧场一千三百亩限牧三十头牦牛，大部分牧场退给了自然生态。"

我问："退出的核心区你们巡查吗？"

他说："查呀，一月一查，主要看有没有跑进去的牲口，有没有受伤的野生动物，青海那边有没有人过来放牧。"

我问："不是禁牧了吗，青海那边怎么能过来放牧？"

他说："从平羌口进去的。山里以前是混牧区，现在禁牧了，我们这边是职工，好管理，彻底退出了放牧。那边是原生牧民，祖祖辈辈在山里放牧，自家的牧场少，牲口吃不饱就放到我们这边了。混牧的时候常常发生纠纷，但那也是一条往来通道，是甘肃和青海的一条要道。现在我们彻底退牧了，他们那边牧民多，牧场有限，养的牲口又多，常有牧民越过界限来放牧。我们好言劝返，可我们走了他们又来。没办法，他们的根在那里，现在比以前养的牲口多，草不够吃，跑到这边吃上一回是一回。要不是保护祁连山自然生态，就该让人家随意去吃，人家就是靠山吃山的。"

我们又聊到雪，马队长说："往年七月，对面的山白白的，整个一道白色屏障。冬天特别冷，牧民放牧可受罪了。这几年气温升高，加上有了摩托车和汽车，牧民是受罪少了，可雪渐渐融化了，白色屏障变成了青纱岭，青得迷人。"

王主任散会出来。我们说，希望今天指一下地方，明天正常开工撒播。

王主任到办公室打开电脑，通过电子地图确定地方，所有的牧场都在他的地图里，他像一个管家，保管着一场的所有家底。他看好后给一队的郝队长打电话，交代明天带我们去退化区撒播，必须撒好。

随后，王主任让我们明天早晨来领种子，说库管不在，让我们想办法找另一把钥匙。

下午给王延汇报工作情况，王延打电话沟通，请示能不能今天把种子领出来，明天早晨七点准时开工，不然机关上班八点半，等种子领出来就迟了，开工又到下午了。

另一把钥匙找到了，我们去提出两吨种子，一吨垂穗披肩草，一吨老芒麦。明天早晨按时开播。

十六

　　还不到七点就出发了，路过家属院，我打电话叫上了郝队长。郝队长带我们来到牧场，晨风刮得猛烈。穿单衣的人说，早知道把棉衣穿上。在晨风中开着四轮子撒播草籽，风就会更大更冷，他们都能够扛住。

　　一进牧区就看到了退化的草地，直线退化部分，是牛马踏出来的。草原不是一马平川，总有陡峭或突出的地方经受了考验，这些地方形成了自己的神圣之处，在环境里显得独立而特别，往往容易最先经受风雨。这样的地方不好撒，撒下去也不一定会长草。有些地方拒绝改造，自己在改造着自己，经受风吹日晒雨淋，从一种状态变成另一种状态，从石头变成土壤，完成生命的轮回。

　　要经过一个近乎垂直的沟槽，我们都说过不去。郝队长却说："没有问题，放心过。在草原上干事，一个沟槽过不去，还怎么干事？"咬了咬牙，一踩油门，过去了。牧马人了不起，在草原上撒播的人也了不起。郝队长说："这个算啥，你见过牧马人走过的路、翻过的山吗？两驱车上不去的地方，紧急了想办法也得上去，斜线上，绕道上，你得想出个办法来。"我没有言语。修复和建设生态啥地方不能走？无论走到怎样的绝境，想办法也得走出来。

郝队长说话的时候不停地揉眼睛，他说是泪管堵塞，通了一次通不开，一见风就流眼泪。我说可以戴上风镜。郝队长说："我这人毛病多，戴上镜子跑草原不畅快，遮遮挡挡，看不清楚。"怎么和我们一样？我们的队员从来不戴风镜，最多戴个头套，把脸护住，眼睛露出来。

开始撒播，车辆启动的同时齿轮转动，飞旋的草籽飞出，均匀地撒在三千米海拔的草原上，也撒下了三千米的绿色希望。第一天一辆车，李斌开着，撒播过去撒播过来，爽极了。我拍视频发到朋友圈，并注上文字：祁连山冷龙岭下，山丹马场补播改良开始撒播。

远处白色的雪峰是甘肃和青海的分水岭，以前两省牧民在这里混牧，现在已完全退牧，成为祁连山生态核心保护区。

突然，马群飞来，传说里一般，撒野似的向你飞奔而来。你忘了躲开，置身在马群中，像个英雄。山丹马场的马无处不在，我们种草的地方就有飞马，你相信吗？不信你就来看看，保证让你终生难忘。

马不吃夜草不肥，草原上吃了一夜夜草的马，吃饱了自己，也吃肥了自己，迎着晨光飞奔而来，泛着油亮的光彩，带给你发现天马的眼睛，带你进入西汉的时空。

牧马人披着晨光，迷彩的工作服是马场的标志，迷彩的帽子下戴着头套。他们骑着摩托车打着鸣笛，如今再没有鞭子，摩托车的鸣笛声就是鞭子。摩托车上山下沟，跨梁翻岭，俨然是马群的灵魂。马群又是马场大草原的灵魂，飞跑了几千年，把山丹马场跑给了世界。

牧马人赶着马群去饮水，这是每天早晨必有的场景，俊美的祁连骄子，飞驰在高原的神鹰，飞过我们。我们成了天外来客。

牧马人吆喝一声，马群便知道向水而去。牧马人左突右冲，把跑出去的马赶进马群，让贪嘴的马抬起头来，跟着呼唤往前跑。马群跑过，我惊喜地喊道："太好了，马蹄踏踏，再下一场雨，种子就发芽了。"

有人问我："万一不发芽呢，种子去了哪里？"

我还在思考。李斌听见了大声说："飞了，像马一样飞了。"

看马的人被飞马感染，情绪像点燃的火焰，呼呼地想飞起来，也想飞在祁连山下，耳边刮着边塞的风，追着马群酣畅淋漓。

草原上刮着风，撒播的车撒到了高处，像天上来的，在天边行走。撒下的种子披着金光，抛物线一样落入大地。种植的神圣感在那一刻产生，我们种的是梦想，种子将带给我们绿洲。

李斌说："草原深处，风景更加迷人，我怀疑住着神仙。"

谁不想见见神仙？等正午的阳光斜下去，侧光能拉长人的影子，我要去拍照。把撒播种子的人照得高高大大，身上披着黄金，最好能和神仙同框。

场里要求明天停播，理由是太阳太烈，草原干燥，撒下的种子会被马蹄子踏碎了。我嘟囔一句："真有点悬乎。"

场里说："看天气预报，下周一二有雨。下雨之前再播，那才漂亮呢。"

雨多的地方就是任性，雨来了才播种。没雨的地方怎么办，哪个不是撒下了等雨来，等不来就听天由命？

要下雨了。牧马人带我们去撒播，一路走一路讲："阴坡里草长得好，少撒点。阳坡里退化了，多撒点。你别问七月了撒下还能长吗，七月是马场最热、雨水最多的时候，草原上的东西才疯长呢！过几天这里有蘑菇，好几种蘑菇是马场的品牌之一。"

"怪不得呀，六月了还冻人，七月了才种草，马场的春天在夏天啊！"

牧马人说："那是六月下雨了。一下雨就冷，地气潮湿，湿冷湿冷的。你看祁连山的冷龙岭，六月下的还是雪，一夜白头。"一夜白头是愁白的，冷龙岭可是我们盼白的。我们盼望祁连山终年积雪、银发飘飞。

可是，冷龙岭下的雪少，像冷龙岭的半个眉毛。我们不怕夜里湿冷，我们怕的是祁连山不下雪，播下的种子长不出草来。

牧马人说："很不错了，这几年气温升高，能下一点是一点。"不过，有雪才是祁连山，河西走廊也才是一如既往的河西走廊。现在祁连山雪化了，河西走廊缺水了，那么我们还是我们吗？

已经考虑从外流域调水了，我们怎么会不是我们呢？

牧马人说："吃雪水长大的人，骨头和血液里有雪的倔强，外流域的水再好，也不能代替祁连雪水。祁连雪水从地里渗出，由内到外，乳汁一样，滋养每一根草，净化每一个生命。外流域的调水在渠里，人调到哪里就到哪里，从外到内，远水解表不解里。调水不能浇灌草原，草原的馥郁由上天养育。假如祁连山没有雪了，不知道草原会不会渴死。"

是呀，调水解决了吃饭问题，调水能解决草原危机吗？我们保护的草原涵养生态，根本上就是在保护水源。以前祁连山叫雪山、白山，雪是她的肌肤；现在祁连山是绿山、青山，它露出了骨头。

爱护一点是一点，延长一年是一年。我们相信轮回，相信祁连山不会抛弃养育过的生灵万物。人只有顺其自然，尊重自然，祁连山是自然的祁连。

撒播车上了阳坡，天阴了下来，雨真的来了。祁连山阴郁而苍茫，我们撒播过的地方，等来了甘霖。

十七

停水了，张掖邻居向我要了一桶水，我又多给了他们一桶水。第二天，他们的人从张掖送来了一桶水。那个声音最大的女邻居回家了——她哥哥由于咳嗽一直喝自配的药粉，喝了两年中毒了，肺和肝都黑了。给她打电话的时候，人已经不行了，她回去人就死了。

我们问她："哪里买的药粉，没有注明用量吗？"

女邻居说："不知道，哥哥不说。"

女邻居回去后，他们的饭由另一个女邻居做，她俩是儿女亲家，一起做伴来打工的。

另一个女邻居去上班，看到我就喊我："姐，我们桌上有刚蒸的馍馍，热热软软的，你取上吃去。"我说："好的，先谢谢你了。"我到他们房里，桌子上放着一搪瓷盆馍馍，正冒着热气，在欢迎我来。我自己吃一个，给曹娟拿了一个。到大房子里，曹娟看到热馍馍也挺稀罕。我们俩一边吃，一边商量着自己也蒸馍馍吃。

曹娟说："我试试，这里凉，面不容易发。"

我说："拿到外面的太阳下晒。"

她听笑了："谁家的面在太阳下晒呀。再说这里的太阳再红，天还是刮着冷风，晒也白晒。不行我就放电褥子上发吧，把被子盖上，多发会儿。"

我说："试试，实在不行再想办法。"我打心里为大伙儿高兴，终于可以吃上自己做的热馍馍了，期待着。

晚饭后散步回来，张掖邻居的大房子里吵吵嚷嚷，七八个人在说话，夹杂着多个手机视频的声音，闹市一样。他们的吵闹盖过整个走廊，淹没了所有的房间。大伙儿似乎见怪不怪，各干各的，一点儿不受影响。

我们和张师傅闲聊。

他说："马不吃夜草不肥，放出去一个晚上，早晨给加点料，马吃了才有精神。这两天的骑马辛苦得很，一天都在被游客骑，得吃好点。"

我们说："白天被骑，晚上要吃草，马什么时候休息呢？"

张师傅说："一边吃草一边休息。"

"只要不被骑就在休息吗，马睡不睡觉？

张师傅说："也睡呢，马睡得少，睡一会儿就睡好了。不像人，睡的时间长，马毕竟是马，毕竟是牲口。"

"放出去一个晚上，不怕被狼攻击吗？

张师傅说:"马一般不受攻击,身高体大,草原上有那么多吃的,狼为啥非要吃比它大的马呢。羊可不行,晚上非得收回圈里,狼一见羊就要吃呢。有的羊收到圈里都被狼吃了,可惜得很。狼都是夜晚出来,那些东西白天不见。"

"没有办法制服狼吗,敢跑到圈里来吃羊?"

张师傅说:"办法有的是,关键是不能伤害狼,狼是国家保护动物,伤害了犯法呢。狼吃了的动物国家给赔偿,但我的羊被吃了没人赔偿——我没有草原,在公家的闲地里蹭吃,人家对我都恨透了。"

"所以你的羊轻易不会被狼吃,你保护得好,这院子里进不来狼,还有那条大黑狗,一阵狂叫早把狼吓跑了。"

张师傅说:"我们主要有院子呢。"

一个月,羊羔就长大了,二十来斤,可以卖给吃羊羔肉的人。然后再给母羊补饲料,补好了再下羔。但马场的羊基本养大了才卖,更值钱。因此,有固定的收购时间,羊贩子专门来收,牧民们纷纷都卖羊。

张师傅的公鸡打鸣准时,不像城里养殖场的吃特配饲料,特性紊乱了,啥时候冲动啥时候叫。有的公鸡天还没黑就打鸣,人一开始不习惯,骂那鸡不是只好鸡。后来叫的公鸡多了,人习惯了,见怪不怪。张师傅的大公鸡叫准了时间,叫亮了天。我们被它叫醒了,它还在随心所欲地叫那些没有醒来的人。

十八

一队的刘队长带我们去老牛圈对面建围栏，先挖围栏的柱坑，一会儿立柱送来了栽好，然后拉钢丝网片。

十点多立柱送到了，二百二十个水泥立柱，王云、李斌、曹明三个人吃力地卸着。这里没有卸货的铲车，找别人不如自己挣卸车费。水泥立柱沉重而僵硬，得有力气才能拿动，而数量那么多，三个人得多少力气才能卸完？力气再大的人卸完也虚脱了，下午还怎么干活儿？

三个人一起想办法，在下面衬两个汽车轮胎，一个人在车上用撬杠滚，两个人在车下用撬杠拉，拉出安全范围再抬起来，码成垛。司机是熟人，前前后后搭手帮忙，三个人成了四个人。我看着放心，回房间端了半碗茶喝。李斌问我喝的啥。我说是伏茶。他没再作声。我想他一定也渴了，看到茶突然敏感。我问他是不是想喝，随手把碗递了过去。他说："不喝，只是问问。"随即又说，"你的茶真好看。"我说："也很好喝，放了冰糖，我去给你们每人倒一杯。"

我到大房子里取他们的茶杯，王云和曹娟的茶杯里都泡着伏茶和栀子——他们本来只喝伏茶，我送了栀子，曹娟便又加了栀子。

我找到曹明的茶杯，问曹娟："李斌的茶杯放在哪里？"曹娟说李斌没有茶杯。我有点奇怪，出外的人都要带茶杯，李斌怎么没有茶杯呢？五十多岁的人，大热天干体力活儿，连个茶杯都没有，他怎么喝水？怪不得看到茶要问一句，他一定是渴了。

我拿我的茶杯洗了三遍，不让曹娟告诉李斌我已用过，就说是个新的，一直放在我的车上。我送给他，希望他每天有茶喝。

我凉下的茶温刚刚好，中午吃饭的时候，曹明和李斌一口气喝完。卸了一早晨重货，出了几身汗，一杯茶算是解渴了。再抽一根烟，吃上两碗饭，睡一会儿起来，又有精神了。他们平时吃完就睡，今天坐着抽烟，抽了一根，又抽了一根，扔掉烟把儿，接着卸车去了。

院里卸下一半立柱，剩下的卸到工地上去，卸完如果还早，接着继续干活儿。我又熬了一壶茶给他们装满茶杯。去工地时，李斌提着我送的茶杯问曹明："你的茶拿了没有？"曹明说："拿了，不拿茶熬不到下午。"

我明显看出他们老了，五十多岁，不再是能卸一车重货的年纪，可他们仍然卸着。速度虽然慢了，但不耽误卸货。经验和办法一样多，力气不够，就凭经验，有经验就会有办法。他们不急，在慢中拉长时间，越拉越长。

下午三点多钟，我们的人正在干活儿。不知谁这么闲，来到我们院里。叩咕声越来越近，是王云。听到那细碎又快速的说话声，我的脑海里浮现出了他走路的样子，利索、紧张、步子踏得很碎、有事要办，一辈子都在办事的路上。

还有曹明的声音，一句一句地说，话不多，底气足，说一句是一句。

两个声音进了走廊，来到我的门前。

当当当。

"进来。"

他们说，大车陷进泥窝里了，"建筑工地上有大车，你有认识的人给说一声，轻轻松松就拉出来了。"

他们说建筑工地的老板姓宋，霍城镇人，一直在马场做项目，置办的车辆机械基本也在马场。我听说过宋老板，他和我们王延打过交道，好像两人关系不错。

我给宋老板打电话，他正在二场回一场的路上，车被挡住做检查呢，让我们等一会儿。

他们的搅拌机忙活着，几个人和几辆车围着转，搅拌好的泥沙倒下来，三轮车接上，拉到操场上去打地坪。开三轮车的年轻人唱着歌，车速和歌声的节奏一样快，看上去他的快乐大过劳动，倒车时也没有减速。他把三轮车准确地倒在搅拌机下，车停了歌声没停。所有的人都笑着，越笑他唱得越欢。他是建筑工地上的引子，他的歌声把工地上刚硬、干燥、冷漠、机械的轰隆声、飞扬的尘土，都包容掉了，调成了热闹的欢乐场。他的老板一定爱他，不然，他怎么那么开心呢？

一会儿宋老板打来电话，让唱歌的年轻人接听，年轻人接完，开三菱车跟我们去拉车，轻轻松松就拉出来了。三菱车体积不大，力量却不小，从泥窝里拉出大它几倍的车，不费吹灰之力。我们欣喜地一再道谢，他一再说"不客气，不客气"，又唱着歌走了。

我回到房间，耳边回响着他的歌声，自信、乐观，就像围栏里的青草，即使围得再严，也会长到围栏外面。

明天举行开工仪式，下午去看好了地方，逐个儿邀请好领导，准备好了条幅和旗杆。

吃晚饭的时候，曹明接了一个电话。对方问他这里的情况，问一句他答一句。大概是那边问有没有小卖部，曹明说："小卖部有呢，铺盖也有呢。"不知对方又问了什么，曹明说："啥都有呢，就是找女人也有呢。"说完他自己先坏笑起来，前门牙豁着，笑得走风漏气。显然是句大话，所有人却都笑了，所有人一笑，就觉得更坏了。

　　　　　　　　　　　祁连山下有牧场

李斌打趣曹明："话说得好大，你找个女人我们看看。"曹明笑着败下阵来，他说："就随口一说，一句话把啥都说明白了，还需要他再问吗？"

　　做围栏很吃力，需要力气和技术，难怪当初没让三个女人再来。三个男人顾不过来，曹明又叫上了自己的挑担，明天坐王延的车上来。刚才就是挑担给他打电话，问明情况好带行李。

十九

开工仪式在一场马队的草原上举行。王延带来了无人机展示，一场草原上第一次飞起了灭虫的无人机，正式开启了飞防的大门。我不看好这样的开启，天境的草原不需要无人机飞防，它势必会带来机械的热能与化学药品的介入。这里是洁净的雪国，多一分热，就会炙烤一大片雪。介入化学药品，就会污染天然的纯粹与洁净，日积月累，会导致植物和动物的变异。还有噪声、人的脚步、车辙轧过的损坏，也许并没有多大影响，但我担心的是"前车轧开路，后车不粘泥"的前证。既然门已开启，关上它就需要强大的力，需要马场人自己的远见与决心。如若形成习惯，去除它势必需要时间和折损，甚至牺牲。

祁连山一分一毫都不能伤害，地球气温升高已使她汗流浃背，又怎能让人为因素成为催化剂呢？但时代的发展考验着窠巢里的山丹马场，假如草原不介入科学和旅游，这

祁连山下有牧场

里的草原近似原始。这里不存在过度放牧，更不存在矿山开采，对，似乎所有的矿山都关闭了，因为这里压根儿没有多少矿山。

马场人说："这里是大首长考察过的地方，我们的站位高。"说实在的，他们割不断热爱草原的脐带情结，秉持着马场人作风的传统精神，保护祁连山生态亦如保护着国之重门。每天的广播里播放着号声，他们穿着迷彩服，依然保持着马场人的风度。

我像个游说者一样游走，讲草原的自我修复功能保存完好，过度的人为修复是一种破坏。有些方案立马修改，把投资项目重点放在围栏上。"分割和加固是需要，还要做得好看一点。"按他们自己的话说，看起来要俊，配得上草原。

开工仪式迟了。但这不是甲方的要求，只是我们每次开工要搞的活动。由于时间紧张，一直拖到今天，也算是补上了。领导们到场指示，提出了项目实施要求，无非是"保证人畜安全，加强施工进度，爱护草原植被，提高施工质量"。最后说，要回去研究到底要不要无人机飞防。

开工仪式是公司喜事，到场人员一起午餐。施工人员和司机周浩、外地来的朋友一家，十一个人一桌。我们和场里的出席职工坐一桌。席间交谈，我们都说马场好，马场的人也认为好。他们用不一样的眼光看我们不一样的发现。我们说，待在这里是轻松的，安静的，有利于身心健康。马场的年轻人却说，我们喜欢城市生活。他们说的不完全是真话，年轻人固然喜欢城市生活，相比于其他地方，他们又有热爱家乡的优越感。

曹明的挑担姓董，比曹明小两岁，他让我们叫他老董。他又是一个厉害的烟客，来时背了四条兰州，饭前饭后要抽一根，睡觉前还要抽一根。不知干活儿时怎么抽的，我记得他们停下来集体抽过，抽完再干活儿，他们说，精神立马上来了。

他们也说一支烟，一个烟，"来，抽一支烟再干活儿"。

"我抽了一个烟，太阳就偏西了。"实则是说，我抽个烟的工夫，太阳就偏西了。真像我爷爷辈的老农，抽烟是他们的大事，也是共同的事业，有时还抽出了男人的派头。除了王云不抽烟，李斌、曹明、老董，三个烟客赛着抽烟。各在各的状态中神游，没事也不说话，一起默默地抽着，彼此心照不宣，打发着回神的时间。

开始拉围栏，湖边的沼泽地泥泞带水，车进不去，只能绕着外围的路走。钢丝网片一米三宽，二百米长，人拉不动，更拉不紧。

李斌开四轮子在岸上拉，王云和老董在几十米外看着松紧，大声指挥，听不清楚就摇手示意。李斌侧转身看着，手里转着方向盘。王云和老董拐了个弯，看不见摇手了，就打电话指挥着拉。那两个喊，走，走，慢点，慢慢拉。李斌就慢慢拉。那两个喊，停，停下。李斌就踩住刹车。

湖湾里青草稠密，有牛群吃草。李斌停下，趴在方向盘上看牛，看着看着突然说道："仔细看这些家伙，比人活得还好。一天啥活儿都不干，就是个吃草。吃这么好的草，也是牛的福气。"

曹明说："你看你可笑不，不行了你也吃几口。牛不干活儿，可牛挨刀子呢，要贡献肉。你也吃牛肉呢，你咋不想想做牛好，还是做人好？"李斌呵呵笑，被曹明说服了。

曹明开四轮子下了岸，卸一卷一卷的钢丝网片时陷进了泥里。两人挖泥掏车，细泥和水把车轱辘吸住了。李斌用四轮子拉，拉不出来。王云和老董看见，过来帮忙，还是不行。曹明让我再次求助宋老板。我觉得不好意思，犹豫再三还是打了。宋老板痛快答应了，我给宋老板许下了一箱酒。

宋老板的挖掘机到湖湾里拉四轮子时，也陷进了泥里。我再一次给宋老板打电话，借他更大的挖掘机拉一下。宋老板又答应了，还派他儿子来指挥。两辆车拉出来后，他儿子说："小心一点，别再陷进去了。万一再陷进去，记得给我打电话。"

王云和李斌一直在说，小宋是个好小伙子。

二十

　　天阴了一个早晨。李斌和曹明去了加油站后面的山坡上撒播。王云和老董在湖湾里拉围栏。我和曹娟去看撒播情况，要及时取下影像资料。

　　这里撒播一千亩地，一个山丘跟着又一个山丘，犹如一个波浪跟着又一个波浪。两辆撒播车在波浪里起伏，喷出的烟雾点燃了清晨的烟火。这是牛的家园，人在为它们种植绿色之梦。要超过现有的，想让更多的绿意稠密地覆盖。草原还不算泛绿，到了尽头也是麦茬的颜色，这里的绿色姗姗来迟，即使被人们忘了，绿草也能长过人的膝盖。那两缕烟雾是侵入，也是善意，淹没在山丘过去更远的雾霾里。

　　凌晨四点，王延他们才回来，没有打搅我们。六点多，我们发现他们睡在车里。一开车门，热气腾腾，夹带着一股复杂的味道直扑而来。我让他们到房子里睡。王延起来睡到我的房间，邵靖睡到他大舅王云的床上，樊璞谁的床也不睡，就睡在车里。

我叫上曹娟去撒播点拍影像资料，顺便看雨后的草原，在早晨有多清新。再在草地上走一走，置换一下全身心的呼吸。

草原像刮风的绿海，波澜起伏，无边无际。王云在地上卸了八袋种子，远远看像白色宝石空灵地出现在绿色世界里，干净得一尘不染。突然听到摩托声，是牧马人经过，要去山梁子那边收马。马不吃夜草不肥，吃了一夜草的马要收齐，赶到井边去饮水。我想，昼夜下雨之后，马是不是就不晨饮了？毕竟吃了一夜的草，也吃了一夜的露水。

一会儿马群过来了，两个牧马人的摩托车鸣着喇叭。马儿听着喇叭声去晨饮，似乎更趋近于人性化。骑着摩托车能够跑过狼的追击，比骑着马跑得还快。但摩托车毕竟是机械，除了特殊情况，马场不允许骑摩托车靠近马群，更不允许鸣喇叭惊吓了马。可每到下雨山滑，高点的山坡马上不去，又何况马会在夜雨中走失，草原太大，山坡太多，一夜过去，不知道几百匹马会走散多少。果不其然，起初稀疏的马匹散落着，一眼便能瞅出那不是全部。牧马人似乎有点着急，加快摩托车骑过去，收拢了许久仍没有全部收拢起来。一个人赶着大多数马去晨饮，另一个人去找走散的一小部分马。

我们在另一片草地上找到了撒播车，李斌和曹明已经撒着回过头来。撒过的地方留下了长长的车印，撒下的种子落进了潮湿的草丛。他们停下与我们对接了几项事宜，又发动车辆撒播去了。这时，老张骑着摩托来了，曹娟眼尖，老远就认出来了。不知老张因何而来，这里是公家的草场，不但不让摩托车进入，而且也没有老张要干的事。难道是来看我们撒播的？老张没这个兴致，他在驻地的院里什么都看得明白，不至于大清早忙里偷闲来草原上看个热闹。

老张是来找马的，他跟着 GPS 定位仪，找到我们跟前，说他那匹白马就在附近，离我们只有一公里远。马的脖子上带了定位仪，他的裤带上带了测定仪，现在的养马人不同了。老张骑着摩托车上了山坡，一转眼不见了。定位仪果然精准，一会儿工夫，老张从山洼里赶着白马回来。他说就在山坡那边。还有零散的马，牧马人正在吆喝着收拢。白马神采飞扬，高挺着脖颈跑在前面。草原青绿，它和老张一白一黑。他们距离拉得不大，它像草原的归属者，老张像叛逆的偷牧者。

撒播车又撒了回来，曹明和李斌停下添加种子。

一只小鸟跳跃在我们脚边。我打开手机拍视频，它在视频里跳得惊心动魄。一定是我们惊动了它，巨大的声音吓得它从窝里跳出，拼命想离开。可相比人类，它的速度仍然很慢。曹娟追着去抓，她要抓回去喂养。我喊着："不要抓，不要抓。"曹娟还在抓。李斌和曹明也要抓，帮曹娟抓住拿

　　　　　　　　　　　　祁连山下有牧场

去养。他们认为，稀罕和可爱的东西应该得到人的养育。我不让抓，哪里的生命留给哪里，让它在自己的家园活下去。即使跑丢了，死在了草原上，它也死在了自己的生命里，而不是人的手里。

我们争论着，我说那是猫头鹰的一种，是保护动物。我还说，很快鸟妈妈就会发现，带它回到妈妈身边。李斌住手了，他有失去兄长的彻骨之痛，内心的柔软值很低。曹明也不抓了，既然可能是保护动物，他不愿意违背法规。曹娟坚定地认为是麻雀，既然是好看的麻雀，从来都没有见过，就应该抓回去养，养大了再说。当然，养鸟的人不会希望把鸟养死，甚至希望养得比草原上还好。但它不属于我们，它属于大自然，属于它即将寻找到的鸟妈妈。

我说，让它回到妈妈身边。他们都不抓了，曹娟嘀咕一句："那么好看的小麻雀，我们也会好好养的。"但她还是住手了，满眼不甘地看着小麻雀跳远了。小麻雀不见了，草原上的鸟声像合奏的交响乐。

修复生态多年以来，谁都知道，在哪里干活儿就要保护哪里，包括一草一木，这是规定，也是我们的职责。草原上干了这么多年，不止一次目睹过生命脆弱，不干预就是放手，不强迫即是成全。你认为是怜悯，有时却是自私和无知。让一只鸟暂且蹦跶，给它让路，是在放生。自然界的东西留给自然，哪怕自生自灭，也是自然规律。

二十一

露水很大，我们的鞋和裤脚都打湿了。王云和老董在湖边挖围栏立柱的坑。李斌和曹明在一队的夏季牧场撒播。七点是露水最大的时候，他们不得不在露水中作业。八九点钟太阳出来，露水就下去了，鞋和裤脚慢慢干了，人不曾发觉。湖边有积水，王云和老董的鞋一早上湿着，他们没有停下干活儿，王云带队从没人偷懒。李斌和曹明虽然开拖拉机，但也得下来添加种子，只要脚一落地，露水就会打湿鞋和裤脚。

我们同是大杂院里的居民，大家都认真而规律地做事。马吃夜草回来了。鸡打了几遍鸣，从后院咯咯地到了前院。老张两口子按时喂马，给马上鞍子。撒播者发动了四轮子，一袋一袋往里倒草籽。做围栏的拿上尺子、标杆，定距和做标记去了。嫂子洗完锅开始扫地、拖地，走廊里也拖了一遍。我在做早间活动，伸伸手，甩甩胳膊，观察大杂院里的动态。

只有我像个闲散的人，像无业游民流窜在大众之中，有事没事和他们搭讪，每次都能捕捉到些什么。那些从他们的表情里飞出来的，从话语中跌入土壤的，笑与不笑间表露出来的，标示着生活的轻重。人们说着实话。行走在这里是踏实的，安全的，不用有戒心。除了带着采访任务，我喜欢待在他们中间，我们像刚刚来到地球的人群，还没有具备复杂的思想。

张嫂送给我们一袋蒜薹，嫩嫩胖胖的。我建议泡了吃，用老抽和白糖，泡几天发酸，闻了都香得直流口水。

我去买老抽和白糖。小超市里挤满了外地人，穿着工装服，说着外地话。他们买各种吃的，包括我认为的垃圾食品，还有手纸、牙膏、纸烟、打火机和插线板。一个瘦瘦的小伙子要买棉衣，老板娘忙不过来，让他等着。

我问他："已经到了最热的季节，为什么还要买棉衣？"

他说："早晚冷，我的棉衣昨天被雨淋湿了。"

我问他："你们干的什么工程？"因为我看他们穿着统一的工装服。

他说："修高铁的，高铁甘新线不是被地震整坏了吗？好几个项目部在维修。"

我问他什么时候能修好，他说大概八月。我问他是哪里的公司，他说是重庆安伯格。我想起兰渝铁路，如果修那条路的团队来修我们的高速，那该多么令人放心。

我问："高铁抗几级地震才能安全？"

他说："不一定，不同的地质抗震性不同。我们那里地震多引发泥石流和山体滑坡，你们这里地震直接是地壳活动。去年地震裂了地缝，铁轨像拧了麻绳。四川除了5·12地震，从来没有见过拧麻绳的。"

我听着胆寒起来，我们这里的地震原来这么可怕。

二十二

郝队长经过石崖子，发现一只雏鹰掉在崖下。他断定崖上有鹰窝，雏鹰是从鹰窝里掉下来的。他仔细听，窝里还有多个叫声。他想把地上的雏鹰放回窝里，拾起来端详着怎么个放法。石崖太高，得想个办法。突然，一只大鹰出现在上空，盘旋的中心越来越小，距离地面越来越近，看到他手里的雏鹰，直愣愣向他扑来。他转身钻进车里，迅速关上车门。鹰盘旋在车的周围不肯离去，叫声急迫凄厉，像是在召唤同类。他知道不可久留，立即开车离开，鹰追了很远，再没有追来。

小鹰还在车里，一时半会儿送不回去，丢半路上又怕小家伙丢了性命。怎么办？他犹豫了许久，最后决定带回家里。他每天买猪肉喂小鹰，喂着喂着有感情了。小家伙毛茸茸的甚是可爱，长得很快，食量一天比一天大，只喂猪肉喂不起了。他又找来死马肉、死牛肉混合着喂。它一开始不吃，猪肉又吃不饱，慢慢尝试吃了起来。马场的草原上有的是动物死尸，只要肯去找，多大的动物死尸都能找到。屠宰场那儿有扔了的动物内脏，闲了他就去拿来让小鹰吃。可是他很忙，不能每天保持供给，小鹰便抓他家的鸡吃。把它圈在网棚里，它看到鸡在院子里活动要扑着飞出去；饿极了也扑，把自己扑得羽毛乱飞。他知道养不住了，鹰还是要回到鹰的地方去。说实话，舍不得。他把小鹰放在肩上喂肉，拍下了一张照片作为留念，然后带着小鹰到鹰窝去。

他发现自己犯了一个错误，鹰窝里的鹰娃子比他养的那只大得多了。就在他发愣时，大鹰又出现了，降落伞一样向他扑来。在大鹰的感染下，鹰窝里的鹰娃子也展开了翅膀。他见势不妙，抱着小鹰拔腿就跑，跑进车里，以迅雷不及掩耳之势开着就跑。鹰追了几里，大概是拿车没有办法，飞回去了。

他带回小鹰继续喂养，打开网棚想让它飞走。小鹰果然飞了，但没有捕食能力又飞回来了，已经饿得精神不振，羽毛稀疏而凌乱，像个流浪的孩子让人心疼。他赶紧喂肉，冰箱里的骨头也喂尽了。小鹰吃饱又飞走了，两三天后，郝队长想念它时又飞回来了。他再喂肉让它吃饱，抚摸一番。小鹰恋恋不舍地又飞走了。

约过了半月，他又想念小鹰时，小鹰又回来了，乖顺得像个撒娇的孩子。他的心都被融化了，让它饱饱地吃了一顿。他出工时，小鹰又飞走了，再没有回来，都过去一年多了。最后一次就是来告别的，小鹰回归了自然，与它人类的父亲断了联系。

二十三

　　嫂子做的饭菜口味很重，是那种山丹人最重的口味，也是干活儿人吃了最提精神的口味。我刚结婚时，婆家就是这种口味。婆家被地方的人叫作"王辣子家"，辣到什么程度你绝对不相信。辣、油、咸、硬，酱油调得很重；面片揪得又厚又大，叫面片是"打嘴巴子"，几天不吃就会馋。饭菜要放朝天椒、猪大肠、胡椒面、生葱、生蒜、生姜，样样俱全。王延弟兄俩吃得上火，嘴上起水疱，痔疮也起来了。我儿子小，说起他们时愁肠百结："我大大吃成了雷震子，我爸爸吃疼了沟门子。"他们仍旧吃，不吃忍不住，辣瘾难抑。吃过辣子又吃梨，梨可以降火。

　　吃火锅就更离谱了，汤锅里放入火锅底料，还要再放干辣子和朝天椒。我婆婆拿着筷子搅，一边搅一边尝筷头，尝着尝着再调点胡椒、姜粉之类。吃火锅的时候要加上油泼辣子、老干妈、火锅酱。事先就炝好了油泼辣子，油泼辣子由一般辣椒面、朝天椒面、芝麻、花椒、生姜、葱、蒜、味精、盐炝出来，儿女们吃进了魂里，再吃别的均没有妈炝的香。我婆婆炝辣子有绝招儿，炝出的油辣子方圆十里没人能比。刚结婚我们工资低，然而只有我们俩是拿工资的，家里的伙食由我们大妻买。每到过年十几口人都回家来，我们就发愁，只辣子就要买很多，辣子好吃饭菜自然也吃得多。那时好吃的东西刚多起来，我们吃面条长大的胃馋，刚吃完火锅又吃饺子，油泼辣子不调醋直接拌饺子上吃，裹上一层又辣又香。从大哥大嫂到出嫁的姑娘，我们都招待好了，都说"越吃越有"，似乎没错。大家回去也学着炝油泼辣子，竟然炝出了各种花样，可日子久了有的身体被辣出毛病：我过敏了，刺激性食物加紫外线，起了皮肤病；亲朋里好几个糜烂性胃炎；婆婆胃火过旺；小丫头一吃辣脸上就起痘痘。我以为王辣子家从此败给了辣子，没想到大嫂竟然继承了手艺，自创了炝辣子的新方法，孩子们吃得不亦乐乎。我孩子也爱吃，可我不会炝。我让婆婆教给我，天真地说要把手艺传承下去。我婆婆说："等我死的时候再考虑，别都吃坏了骂我去。"婆婆还没有死，大嫂的手艺已炉火纯青。这不，工地上也用上了，高寒高湿的地方吃辣子增加热量。

大嫂的饭菜都放小米椒，醋汁子里也放，又辣又爽，嘴辣了很久，嘴唇被辣红了。可我不能吃，吃了几顿又过敏了，胃里也火辣辣的。我让嫂子少放些辣子，嫂子说放少了干活儿的人吃不过瘾。她说："放小米椒前，先给你舀出一碗，你如果觉得没有辣味，就拌些油泼辣子吃。油泼辣子没有小米椒那么辣。"我说："都过敏了，还吃什么辣子？等夏天过去，紫外线强度降下来，吃刺激性食物不再燥痒起皮肤病，那时候又能吃辣子了。"嫂子说："是啊，没菜可以，没辣子我们一顿都不行。"如果来不及炒菜，只拌上辣子也吃得津津有味；但只有菜没有辣子，吃饭的就会嘟嘟囔囔抱怨做饭的人，做的啥饭？

实际上嫂子的饭菜酱油也放得很重，汤饭的汤是浓酱色，撒一点绿菜在上面，他们说看着都有食欲。盐也有点重，醋味也重，盐赶精神醋赶乏，不是把精神和乏赶走了，而是赶出来了。不知精神的颜色什么样子，有没有味道，反正都是重调、重口味吃出来的，一吃就是一生。

下午去新的围栏区域，与退耕还林地一网之隔。西边是绿地，一眼望去上了远处的山头。看近处，绿地是燕麦和油菜，再远一点还是，还有半大松树。

这里是1.5公里任务，一条直线，在平地上，相对好干。这是一段三年的围栏，铁丝已经生锈，松松垮垮。立柱东斜西倾，靠丝网拉住，没倒下去。整段围栏的作用似乎没差，再围几年也没问题。只是怕牛，一蹄子就踩倒了，或者一头顶过去，便顶出一条路来。

机手们开着四轮子一路撒立柱，为了看起来方便，在远处的立柱上插了彩色小旗，工地的气氛立马出来。明天还要拉条幅，插大旗，把工地的样子做出来，无论干活儿还是检查都带劲了，团队的施工风格也突出了。

　　又要检查，我们的施工人员太少，再找两个，加我和嫂子八个人应该够了。给王延打电话在城里找，让王云下午五点下去接。到城里时天已经黑了，仍没有找上，过几天曹国文和堂哥曹立龙才能来，商定六个人就六个人吧。

　　还没起床，就听到院子里人声嚷嚷，老张家要剪羊毛，请来了剪毛的师傅，直接带到后院去了。

　　杨主任打来电话问施工的情况。我以为检查组来了，赶紧和嫂子往工地上走。从公路上直接下去几公里，看到右手边围栏里的工地彩门是我们的，我便开始拍摄影像资料。嫂子从围栏上翻过去加入了劳动，工地上男女搭配看上去协调起来。随即，项目部王主任、杨主任，带着一个不认识的小伙子开车来看，查问了许久又走了。要想进到围栏里面，就得翻越；若不翻越，就得绕几公里从围栏门里进来。围栏门有时候锁着，打电话人不一定在。所以紧急时，就从公路这边翻越进来。这样的情况怎么检查？反正我们忙，没顾上注意检查了没有。围栏外面停过一拨又一拨人，不知道干什么的。

　　其间，尹队长和监理开着皮卡也来了，翻过围栏进入查看。曹明跪在地上，用细长的铁锨往外掏打坑机打下的土。怕划伤了脸，他让嫂子拉开丝网，嫂子便坠着屁股使劲拉着。坑口小而深，他掏得气喘吁吁。在哈尔腾，他跪着救出了河里的车；在这里，他跪着掏开了最小的坑。跪着的活儿只有他干，从来不留给队友们。

查看的人没有作声，我认为是认可了我们的工作。或许他们不信，但这就是伟大——普通劳动者的朴实无处不在，朴实堆积如山，高过伟大的词语。

我们叫监理中午过来吃饭。他是张掖邻居，一个人住在马场，生活不便，每顿饭买着吃，受不了黏糊糊的各种面条。都说是高原反应，我把我们的面换成新疆一等品后，只有煮不软，没有黏糊糊。哪有什么高原反应？

李斌自作主张，邀请监理每顿饭和我们一起吃。我们也邀请他。他没有答应也没有拒绝，只是说："你们这一大家子真好，人人都是主人。怪不得吴总整天在房子里写东西，原来你们干活儿用不着人家操心。"

收毛的人骑着摩托车，左右各挂着一袋子牛毛。大牛的毛一公斤六块，小牛的一公斤八块，羊毛一公斤四块，毛钱还没工钱高。剪一头牛二十块钱，剪一只羊十五块钱。谁家剪毛，还要杀一只羊或一头小牛犊，剪完毛请大家吃喝一顿。马场的人重情义，好吃好喝都上来，吃好喝好才散去。毛不值钱，卖毛的钱还没有吃喝的钱多。不剪毛又不行，每年夏天必须给牛羊"脱毛衣"，不"脱毛衣"会生病，生病了死伤大，损失更大。

今天是老张家剪羊毛。剪了半天毛，杀了半天羊，又用半天做羊肉，做好羊肉吃喝半天，还有半天才是夜。他们说，受苦的人，睡半天就够了。"半天"是个口语，说习惯了，与时分长度没有关系。这便是生活，是民间，是一种流传，是时间长河里的见真见拙。山丹人把一会儿叫"半天"，这样的半天可以把一天分成若干，把有限的一天变无限，变成一年，十年，百年，千年。这就是这里的人民，这里的生活，亘古流传，亘古变化，但是淳朴和情义在流传里不变。

毛价跌到低谷，收毛的人半喜半忧。低谷的商品臭得很，不收吧，要失业；去收吧，怕低谷越来越深。怎么会呢，一斤羊毛两块钱，历史以来最低了，到最低处必有反弹，商业生态便是如此。低谷正是压货的时候，只要有经济实力，有防蛀虫的条件，压货就是赚钱。

剪毛的日子从早晨忙到半夜，老张家忙了一天，来来去去的人喧哗了一天。张嫂说："把你吵得写不成东西了。"怎么是她愧歉我呢？这里的主人是他们，我们是闯入者，打搅了他们的生活。我们却淡化了对他们的愧疚，也许是相处没有障碍，反而被礼遇的缘故；也许是看我们干场里的活儿，貌似是为公做事的缘故。可他们是马场的人，照看着这个大院子。我们不来，这里是他们的地盘，走道里清静，起夜可以不穿衣服。院子空闲，羊可以拴在任何地方。没人惊动他们的马，没人会把有铁钉的炉灰倒在马蹄子下。他们自由来去，出去关上大门，如关上了自家的院门。

我要买老张的一只羊，他答应明天早晨找人宰杀。嫂子说我们的锅灶不行，炒羊肉火力不够。老张说："我有一个大头炉子，在后院里放着，你们的人去拉一下，今天我们炒肉，明天你们炒肉。"我便叫卸立柱的人帮老张把大头炉子拉到前院。那两个收羊毛的夫妻给他们炒肉，拿着一米长的铁铲子，整个人都在使劲，人被包围在热气中，又像热气炒着他们。炒好后给我们端来一盘，放在我房里的炉子上，下班的人回来，肉还热着。我们每人尝了一块，余香未尽。我告诉他们，明天也吃羊肉，跟老张说好了，明天早晨就宰羊。嫂子却说："张嫂给我说了，要杀就杀奶羔子，十四五斤的，二十五六斤的肉羔子打了疫苗，不能吃。"我说："我们不习惯吃奶羔子，太小了没有肉味。"我没有说，小小的羊羔我不忍心吃。

嫂子说："张嫂说了，打了疫苗的羊最少得一个星期才能吃。"

怎么办？这里的牧草饮雪水，带着甜味。羊吃了甜草肉味也甜，太小的羊羔才长味道。奶羔子没有断奶就被宰杀，食肉者长了怎样的狼心？发往外地的山丹羊肉，以二十五六斤的羊羔出名。本以为在羊群边上，想吃是近水楼台，其实离得最近往往吃不上最好的。好的要么被挑选发往最好的市场，要么继续喂到十月宰杀的季节——一只羊卖七八百或者上千元，这是用不长的时间换来的最大收益，老张自然不卖给我们。羊群里也有可宰的大羊，但不是老母羊，就是老公羊，味道乏了，肉又多，吃几顿便不好吃了，吃一只羊的价值折损一半。

二十四

　　看天气预报明天有雨，又能撒草籽了，撒上下雨定能发芽。于是，说好下午去库房提草籽，明天一早分组撒播。谁知拆掉了二百米旧围栏，要装新的时，四轮子使劲一拉，把顶角处的大立柱拔掉了。王云给我打电话，让我去送大锤、铁丝和一根角钢。我用尼龙袋包好送去，他们四人围在顶角处栽那个大立柱。抱石头的抱石头，扶立柱的扶立柱，填土的填土，都不说话，看样子有点垂头丧气。我问要角钢干啥。老董说是固定立柱，钉在地上把立柱拉死，对角的网片才能拉紧。我放下东西就回来了，没我的事干，想帮他们又插不上手。

　　天快黑了，固定围栏的人还没有回来，打电话问，说是顶角处的固定好了，山坡上的又拔起来了。都固定好了才能拉上新的网片，不然牧场里的牛就跑出去了。到了晚上八点，还没回来，电话也不接。我有点着急，走出大门迎着去看。值班的人向我打着招呼，原来是办公室祁主任，也是给我们领种子的库管。我便坐下和他闲聊，工友们回来必经过我们。

办公室的人轮流值班，今天挨到祁主任了。我问他，这里的白杨树为何极少。

祁主任说："招待所院里还有几棵，一场的白杨树至多二三十棵。"

我想起招待所院里的那几棵，正是来一场第一次发现的那几棵，细细高高的，跟着房檐长上去。我纳闷，为什么那么细，难道地方特别了白杨树也长奇怪了？只向上长，不左右开枝，长得就跟白鹭似的，长脖细项，弯弯扭扭。中上部好像被火烧过，黑黑的，坑坑洼洼。有几棵快要死了。

祁主任说，那是树挡了房檐，房主人砍掉了树枝，树就长成那样了。

他说得有点含糊，我隐约听出那里发生过火灾。树是被烧坏的，只剩下主干，身单力薄地冒出了房檐，半死不活。

"一场很难栽活白杨树，松树易长，西北无处不在的白杨树却极为罕见。仅有的几十棵白杨树，都是在避风的院子里栽活的，不是栽上就能活，是人们精心养活的。"

我问祁主任怎么精心养活的。他说是冬天包"棉被子"。要把整个树干包得严严实实，大点的树枝也包，以免冬天冻死了。每年冬天都包，直到树长大能扛住寒冷，四周又有围墙遮风时，不包也冻不死了。

"谁说白杨不怕寒，那是指大树。"

我说："还是很奇怪，不住人的地方，已长大的白杨树也有死的。"

祁主任说："没人浇水渴死的。"

当然，还有人说，白杨树重情义，人走了自己感到孤独，望眼欲穿到了死。但愿是妄加猜测，是人在怜惜白杨树。我们这地方渴不死树，白杨树在干河坝里都能生长，怎么会在祁连山脚跟，地下水位极好的地方渴死呢。我猜是因为土质，所谓的漏沙地，盛不住水，地下水位太低的缘故。

我突然想起，四场有一片杨树林，一到冬春黑压压的，像是被烟熏黑的，又像煤粉刮黑的。远远地看，像大火烧剩的旧房圈，边缘还有火苗的印记；走近了看，才是一缕缕垂直的黑旋风，披着打斗过的黑头发。

祁主任说："那是被冷风刮黑的，这里的风又大又冷，把啥都能刮变样了。"

对，冷算什么？零下五六十度冻不死白杨，但零下三四十度的大风，却能刮死一棵树。这不能说是冷的无情，也不能说是风的罪过，是强冷遇了强风，合作起来摧枯拉朽。

祁主任说:"风能把水分抽干。四场那些树要浇预冬水,浇透了储存在根部和树干里,勉强能够熬过冬天。"

"怪不得树林里也有死树,是不是被风刮死的?"

祁主任说:"个体差异不同,抗冻能力也有所不同。多半是冷风冻死的。"我非常相信,马场的冷风令人不可想象,刮死棵树不在话下。

我说:"应该把这些树保护起来,那是这里的稀有自然物种。不但证明这里能够种活白杨树,而且作为这里的敏感树种,它的变化,就是生态的变化。"

祁主任迟疑了一下,似是顿住了,又似在思考什么。一会儿,他说:"我们以前种过白杨树,就在检查口旁边的松树林边,一棵都没有活。可能是没有防风墙,都冻死了。后来只好种松树,这地方天生长松树,种多少活多少。"

检查站后面确实有片松树林,大概三四年树龄,每棵树上挂着一个黄色牌钩,一看就是输液袋的挂钩。刚栽的松树是输液袋养活的,那么,白杨树呢?是否随着地球气温越来越高,白杨树也在这里容易存活?对于一场这样的地方,缺的不是树,而是树的种类。这也是考证祁连山自然物种的丰富性和分布依据。

除此之外,保护站的院子里栽了一些柳树。仅此三种,在场部再找不出别的树种。其他的树都长在山里,金露梅、茶条树、槐树,当然也有松树和野柳,却没有白杨树。大部分树长在山里，加之野草丰茂，相应的是防火工作比较艰巨。两座信号塔北面的山上有坟，清明时最怕引起火灾。清明节前，场里就会加强防火工作，专门有防火值班的人。

与四场交界的地方坟墓多，不仅有四场人家的坟，还有场外农民家的坟。一直挡着不让建坟，可不知不觉就有了新坟。马场的职工好管，场外的农民不好管，偷偷把人就埋下了，防不胜防地就多一座坟。而且，知道清明期间会加强防火，不让点火，有人在清明前就上坟来了。那一年清明节前，一个开霸道车的老板早早来上坟，不小心引起大火，吓得掉头就跑，跑出不远看到火势越来越大，知道大事不妙，赶紧报了警又折回来扑火。救火的人来时，他已经吓得两腿发软。他说，看到东南方向的山梁上有松树林，林子里的黄草半人高，如果火势蔓延过去，危及林子安全，那罪可就犯大了。

祁主任一再念叨，说马场的人心太齐，一呼百应。那天他正好值班，接到火警，在群里发信息号召大家救火，因为那是一场的领地。他自己先往现场跑，后面跟着去了四十多人，但凡有车的人都去了，还有骑着摩托车带着媳妇去的，拿着杈把、扫帚、铁锨等。他们到的时候，二场和马营镇的警察和场部工作人员还没到，四场的也来迟了。只有他们的人最多，抢了时间，一会儿就把火扑灭了。祁主任非常感动，领导也非常感动。有人建议奖励救火的人，由此鼓励优良品德的保持和传承。可是最后没有奖励——对于马场人来说，这属于正常行为、平常之事，是一种传统。如果以资奖励，性质就被改变了。

我们一直聊到九点，工友们还没有回来。天黑了，老张家的两匹马想过检查口，顺路去吃夜草，被祁主任挡回去。我希望两匹马能过检查口，一路吃下去，明天早晨再吃回来，可它们每次都被祁主任挡了回去。祁主任说："夜里有路过的车，防不住就会碰到马的身上。"马只好顺着去牧场的路吃下去，不知能吃到哪里，但绝对不会走丢——马和人一样聪明，总会找到吃草的地方。

队友们还没来，我开始着急，给王云打电话没人接，不知发生了什么事情。不等了，先回到住的地方再说，万一不行就开车去找。我起身要走的时候，老张的两匹马趁我们不注意，悄悄走到了卡子口，想迅速跑过去，又被祁主任挡回来了。两匹马顺着松树林吃着往下走，我拍个视频想发给张嫂，让她想办法把马送过卡口。

我边拍边说："那匹白马怎么不那么白呢？"

祁主任说："那不是白马，那种马叫作汗流马，好像白马流了红色的汗，把毛流成奶黄色了。"

好有意思，既吻合了汗血宝马的血统，又解释了马的颜色。

"事实上，汗血宝马流的不是红色的汗，而是汗腺发达，奔跑的速度惊人，一边跑一边流汗，可是汗都是从血液里面渗出的，所以就叫汗血宝马。哪有什么红色的汗水，只不过是传说罢了。"

原来老张的白马是汗流马，不是白马，我们却一直叫它白马。可把它叫美了，一叫白马，它会不会以为自己是王子呢？

九点半工友们回来了，他们一直在收拾那个山头上的围栏。他们知道，收拾不好牛会跑出围栏，丢了不说，还会把旁边的庄稼踏了。曹明说："幸亏只拆掉了二百米旧网，一卷新的也是二百米刚好补上。如果再多拆掉一些，说啥都围不起来了，四个人今晚上得给人家看牛去，得在草原上蹲一晚上。"嫂子赶紧下饭，我给他们端菜，吃过饭已经十点多了。

看天气预报，明天有雨，适合撒播，机不可失。我便给刘主任打电话请示，他说："撒，抓紧撒。"本来准备下午去库房提种子，工友们却回来迟了，明天一早再去提吧。

二十五

　　王云开着面包车，提出来 30 袋草种，和开撒播车的曹明撒播去了。李斌和老董去做围栏，显然人手少。做围栏不仅是个技术活儿，还是个力气活儿，我们叫慢活儿，要想干好需要慢慢干。撒播对于开四轮子的老司机来说，那就是小菜一碟，比庄稼地里还平稳几分。草原上走不快，慢慢走着，比做围栏轻松多了，进度比围栏也快多了。一辆车一天至少撒一千亩，四五天就撒完了。到时候所有人去做围栏，黄金搭档又组合起来了。

　　我坐尹队长的车去围栏工地看，交代了安全工作要求，取下影像资料，又去撒播现场。天下起雨来，尹队长要拿上撒播地的围栏钥匙，要去他们队部取。一个女人走在雨中，低着头，用手遮在额前，肩膀已被淋湿。尹队长喊了一声她的名字，随即减速，问她干什么去。女人要去取些酸奶，"今天周末，城里回来的家人要吃，回城的时候还要带点"。

　　　　　　　　　　　　　　　　　祁连山下有牧场

对于别人而言，有无酸奶并不要紧。对于马场人来说，酸奶不能在生活里缺少，无论是不是最美的食物，在骨子里就像对母亲的饭那样埋下了记忆，有了深深的瘾。所以，无论是有人回来，还是有人要走，都要有几斤酸奶。它就像一根剪不断的脐带，牵连着天南海北的孩子。

尹队长打趣地说："衣服都淋湿了，上车，让雨下去。"那女人上了车，大大的眼睛，瘦瘦的脸，皮肤干净却紫红，明显的高原特征。一身素衣，低低的马尾，发梢微卷，说话却底气很足，有长跑运动员训练出来的力量感。这高原的人民，真让人羡慕。世上竟有以朴素征服你的女人，那么干净，鼻骨两侧有微微雀斑。我在城市里精心打扮，穿豪华衣服，打可以遮盖一切并能够让你风光无限的粉底，出了门仍然不够自信，因为天太热汗水会冲坏妆容，天冷会僵化妆容，暴露缺点。而这位从雨里来的女子，安静地看着我，带着几分疑问，又带着礼貌与漠然。仿佛在想，外面的女人随便可以坐男人的车，究竟是怎么样的一个女人？她是因为下雨才上的车，否则，即使认识的人，她也不轻易坐人家的车。我感到隐隐的不适，装出若无其事的样子看前面的路。

到了队部，车子停下，尹队长让我们不要下车——雨下大了，他帮忙去提来两桶酸奶。我们默默坐着，雨下得有条不紊，对面山坡上的牛羊吃下坡来。我担心队友——李斌和老董在路边干活儿，上路就能开车回来；王云和曹明在草原深处撒播，下雨草滑，不知如何开下山坡。郝队长提着两桶酸奶出来，女人说还要一桶。尹队长说："没有了，酸奶都是预订的，这两桶还是别人订的，和你调了一下。"女人非要下车再取一桶，没有挡住，一会儿回来，没有取上。尹队长再下去，又取来一桶，无奈地说："你从大雨里来，二队离这里十几公里，先把你的调上拿走，其他人离得近，明天再拿也不迟。"我才知道，女人是二队的，在高铁那边。大雨里来取酸奶，一定是需要三桶。

取酸奶的地方和一队的队部是隔壁，虽然承包给个人，但属于一队管，郝队长说话自然顶用。不是预订的酸奶谁也取不上，我预订的几次也没取上。正是盛夏时候，马场的酸奶供不应求，外来的人想吃，马场的人也想吃，还要给亲戚朋友送。我请郝队长帮我订几斤，他说得过几天。我却心想，贵不了多少钱，万一订不上，就去商店里买。

我们在公路上看雨中的撒播车。雨势渐小，雨中撒下的种子发芽率高，他们在抢种。王云和曹明穿着雨衣，四轮子在草原上缓缓而行。我总感到心有余而力不足，如果我能决定早点撒下，等雨来了滋润发芽，那该多好。我只能看着他们在雨中撒播，撒下的每一粒种子都让人心里感到踏实。一定都会发芽，在如此好的雨季，有什么不能付出和实现的呢？

我们坐在车里，隔着雨帘看撒播车稳稳地下到山洼，又稳稳地上了山坡。雨淅淅沥沥地下着。郝队长说："真佩服这些人，雨下得这么大还挺倔强，非要在雨中撒下最保险的种子，种子怎会不发芽呢？"我心里平静，如接受自然之意，看着雨中的队友失神地说："雨这么好，也许根本不需种草。"郝队长疑似恍然大悟，停顿片刻方才说道："雨无法预测，尤其近些年，你不知道它会充足，还是缺少。"我说："只要祁连山生态保持良好，这样的雨还是会有的。说实在的，你们把北麓保护得确实不错，退出畜牧与开采，基本就退出了人的干扰，这是我们唯一能做到的最大边际。只要人不参与，自然自会修复自己。大自然从来不缺种子，哪里有水，哪里就会扎下根系。"

　　正说着，老张骑着摩托车停在我们车前，习惯性地看着人不说话。郝队长打开车窗，问他有什么事，他才说话："一只羊羔跑进你们围栏里了，你把门打开我进去找一下。"

　　尹队长说："我没有钥匙，钥匙在牧马人那里。"

　　老张看了我们半天，又看了围栏里面半天，突然愤愤地："真想一脚把门踏了。"我有点意外，他之前一直那么冷静……

　　尹队长说："你不能踏，踏了马和牛丢了找谁？"

　　老张说："锁着就不丢了吗？"

　　尹队长说："锁着走不出去。"

老张又不说话了，看着我们。

尹队长指着他的身后说："你的羊羔在那儿，看，在围栏外面，你快去看。"

老张扭头看见羊羔，没有说话，也没有再看我们，骑着摩托车走了。

一个没有牧场的人，羊和马只能吃路边的草。他是嘉峪关的一名工人，停薪留职来陪妻子，靠养羊和马搞点创收。他妻子是一场的职工，有土地，今年十月退休。每年五月到十月期间，他们在隔壁的窝窝营地门口候着游客来骑马。骑马除了牧马人骑，大部分都是游客骑的。专门养骑马挣钱的人不少，窝窝营地门口有最大的骑马群，最好的生意也在这里，养骑马挣钱出名的人也在这里。听张嫂说，最好的一年能挣八万块钱，马多的人家能挣二十万。那时候，全国各地的游客蜂拥而来，人们口袋里有钱，玩乐起来毫不含糊。有的人不厌其烦地骑，从不会骑马到学会骑马还不尽兴，住在窝窝营地过足了瘾才离开。

骑马的主人都很主动，路过的车都会被挡住，并受到邀请，必挡不漏。你不停车，他们就会追问："为什么不停车呢？"尤其是骑马的女主人，马场的硬气让她们生得彪悍，理直气壮的样子让人羡慕，问起游客气场十足，让你感到不骑马就会遗憾。

撒播车还在雨中专注地撒播，似在与雨较劲，又似与雨赛跑，互不让步，争夺着最佳时机。我打电话通知下班，电话不接，或许是雨太大听不见铃声，也或许根本就没法接听。我们伸出胳膊使劲摇手，意思是让他们立即停下，回车里来避雨。他们没有看到，也或许看到了但没有停下，开着车又上了一个山头。"舍不得雨。"我解嘲他们。如大地珍惜好雨一样珍惜着时机，不喊了，就让他们撒播，祁连山会保佑他们。郝队长说："那我们回吧，停在这里帮不上忙。"

我回到房间，半小时后雨更大了，天漏了一般。院子里的声音紧张起来，阵势夸张，像突然发生了大事，一切都被惊动了。我跑出门外看情况，撒播的人还没有回来，做围栏的人怎么也没有回来。怎么办？雨太大了能下山吗？万一打雷了怎么办？我急忙打电话，一个个都不接。我开车去接，雨大得上不去车，车停在积水坑里，积水快要进车里了。我穿上雨衣去开沟，雨逼得人举步维艰。

湖边做围栏的李斌和老董回来了，他们开着面包车，把车停到门口一个箭步跨进门来。

撒播的人怎么样了？最好把车扔在草原，人步行走出来，大不了淋成落汤鸡，等我们去接。可是，路太远了，走出来难以想象。我的心里打起鼓来，不顾一切往大门口跑，希望出了大门能看到他们。雨把我打湿，大脑反而更加清醒——万一下不了山，他们可是两条性命。他们还是两位大哥，让我向所有人怎么交代？他们的家该怎么办？

我跑出大门听到了车声，是四轮子，深深埋在大雨之中，走不近绝对听不到。是他们回来了，是四轮子回来了，我紧张得叫了起来。果然，曹明像冲锋枪一样冲进了院子，我看到他湿透了，红色的四轮子洗得锃红。王云也冲进来了，戴着帽子和口罩，包裹得很严实。他们身上披着编织袋，腿上绑着编织袋，曹明的头上还绑着编织袋做的雨帽，东倒西歪。回来了，他们在大雨来临之前就下了山，或者在大雨来临之前下到了山底。但不管怎样，他们安全下山了，淋成了落汤鸡，却都安全回来了。

二十六

　　天晴了，早早出工。王云和曹明抓紧时间撒播。李斌和老董继续去湖边做围栏。可是人太少了，施工进度太慢，尹队长已经催了。让王云找人，他说找不上，说曹国文打电话要来，他开车没有听见。场里领导也给王延打电话让赶快找人，王延催王云，要我们找几个上去。王云说不行，不合适的人不会干活儿。他正好回城有事，到城里再找，必须找一个人上来，否则场里说不过去。他没有吃晚饭就走了，说到了城里随便吃点。让他明天早晨赶早上来，他却在夜里十二点钟回来了。大家都睡了，我听到他和曹国文说话的声音，出门去看，他把曹国文找上来了。终于找到了一人。可是还不够啊，做围栏工作量大，人多了才能赶进度。

　　王延和杨琪明天要来马场，我让他们来时带上要买的菜，又写了一份我要的水果和干果的采购单，还让王延买一只鸡，来了犒劳一下大家。他都一一记下了。明天改善一下伙食，可以吃一顿鸡肉垫卷子了。

我在公路上来回行走。不是因为闲着，恰恰相反。我在忙碌工作，给工友们送工具，陪监理和尹队长检查工作，拍摄影像资料。雨后的公路上风景美得能忘掉一切，一天里我走了五次，却感叹了不止五次。

第一次感叹，无欲无求啊。雨后的白云泛了金边，草原上虫鸟叫出了大自然的安静。

第二次感叹，喜欢这原始阶层，带着野性的生活。公路两边绿色的草地上，羊群像梅花一样滚动着盛开。

第三次感叹，人马同位，草原神秘而祥和。下班的时候，我开车送曹明去把草原上的四轮子开回来。天幕开始四合，暮色压着天边铿亮的白边。曹明翻过围栏，向四轮子走去。我发现他像马一样，低着头，弓着脊背，不紧不慢地走着。山头上走动的人影像一匹骏马，从人间走出，正在走向天马出现的地方。

第四次感叹，不问世间纷扰，只看天马悠悠。车子慢慢滑行，我一边拍路边迎着暮光进入夜色吃草的马群，一边发现古书里记载的天马现场就在眼前。车子徐徐经过马群，前面的路正好下坡，马吃草的山坡徐徐升高，一匹匹马也徐徐升高，四肢间透着亮光，映衬得马儿像在天上。一匹又一匹，一大群马，高高地从山头上布了下来，一直到路边的围栏里面，棕红和黑色的马，白色和汗流马，赤红

　　　　　　　　祁连山下有牧场

和褐色马，都在太阳的降落中油光发亮。粗大的血管突出肚腹，拇指那么粗，这发达的血汗干渠，如果飞奔起来，血液如开闸的渠水，飞流徘徊，流过全身，热出汗来。当夕阳照耀，铿红的马背流的是血汗，和马背一样发红，这便是汗血宝马，从远古一直流传到现在，嘶鸣在夕阳里，马场大草原一片马声。曹明在马群里走着，节奏和天马神奇地和谐，优哉游哉，从夕阳里经过，慢慢升到山的高处。夜幕正在放牧天马，神的国度洁净而富有，他和天马同位，祁连山下牧歌悠悠……

二十七

　　冷龙岭下雪了，这是六月，虽然老人忌讳六月下雪，可如今六月的祁连山下雪，却让我们惊喜不已。祁连山自古终年积雪，雪下在任何时候，都焕发着吉祥的光辉。有了雪我们就有了水，我们缺水，所以我们盼望下雪，只有雪，以储存的方式慢慢滋养，这片漏沙的土地才能馥郁。不像雨水，太急太猛。

　　我们在草原深处看到马群，它们走出半人多高的草丛，向植被低矮的草滩走去。不远处出现一个水洼，像草原的一只眼睛，青湛湛对望着天空。马群越走越快，像渴极了，跟着或分散进入水中，水过膝盖，蹭着肚子。马低头喝水，脖颈的粗大血管一鼓一鼓，灌够了站在水中张望，之后又在水中刨蹄子。不知要刨出什么，水却被刨得无比混浊。

　　尹队长说："就这一洼水，这里的野生动物就比我们的马多。到了晚上，这里就是动物世界，你想象不到的都在这里。各种蹄印和活动轨迹十分复杂，有时好像打了一夜的仗，但不知道怎么打的，人来的时候，一片宁静。"

我们离开这里去公路对面的围栏工地，出了一道道围栏门，关上一道道围栏门。出一道门，锁一道门，把钥匙放在牧人的暗号处。四驱皮卡向另一片草原而去，那里也有围栏，进了门绕八九里路才能到达。我们把皮卡停在公路上，轻车熟路翻过围栏。我跳下围栏感到不适，心跳得要蹦出来，感觉心力不足，呼吸不够通畅，像要断气，虚弱得颤抖起来。是高海拔下的低血糖犯了，一袋芝麻糊的早餐过去了，现在开始饥饿。是的，就是饥饿的感觉，特别无力，但没有食欲，像什么力量泄走你的元气。我站了下来，拿住气，问监理带糖了没有。他说没有。我说："我的低血糖犯了。"他害怕起来，说要赶快回去。我心想，翻不过围栏了，没有办法回去。我低头站着，不说一句话，感觉慢慢好起来，有了点力气，呼吸顺畅起来。

中午又来了新员，也是一个村的，而且是我婆婆家的对门。他叫曹立龙，身材高大，说话爱笑。女婿开车送他来，给他带来好多吃的。一大包紫红色的阿尔卑斯糖，说为了防低血糖准备的。他说："肚子一饿就发抖，啥力气都没有了，吃一颗糖就能坚持到下班。"原来他也有这样的弱点，低血糖犯了，自备糖果自救。

王延拿来了一只鸡，嫂子做了一下午。晚饭吃大盘鸡，正好给新来的人接风。纯属巧合，但往往巧合中藏着某种预示。

二十八

　　我习惯站在院子里看祁连山。队友们出工去了，他们朝祁连山腹地而去。冷龙岭上的雪一夜之间不见了。雪真的化了，一夜之间，雪就化没了。谁会相信这是祁连山？不知南麓能不能看到雪，北麓最近的地方所见，整座祁连山一青千里。本来，凭着那点雪，可以找到冷龙岭主峰，可是雪融化了，只能辨别大概的方向。

　　雪融化了，我只有用心记住冷龙岭，与马场一场对望的位置。那是祁连山的心脏，是白雪最后融化的山峰，也是雪季最先白了的山峰。

　　那个姓王的老牧匠认为，横亘在一场眼前的整条山脉，都是冷龙岭主峰，都是祁连山的心脏。我有点震撼。祁连山对他来说，已成为神圣的信仰，一场看到的任何脉段，都具有心脏的功能，能够安放他的敬仰。他爱马如命，喜欢在草原上骑着摩托车放牧，喜欢那股洒脱的感受。"越来越舍不得骑马，"他说，"有摩托为啥要骑马呢？"他深深爱着草原和马，每天经过的地方在眼里，也在心里。而马使他眼睛放亮，血管偾张，精神忽振，也是他唯一感到最舒心的伙伴。见我们把车开到草原深处，人在四处闲散拍照，他骑摩托车过来劝返，知道我们是在拍影像资料，他不作声，骑着摩托车走了。我永远记得，他说，不知道退休了为啥还要来放马，这个说不清楚，反正就是想放马，只有放马心里踏实。

王云回城采购去了，每一次回去，嫂子都担心他吃不上饭。于是，我每次都给王延打电话安顿，让他去了照顾哥把晚饭吃上。其实每次他都给钱，让哥去把肚子吃饱。哥舍不得花，饿着肚子回家再吃。王延闲了也陪哥吃，可嫂子还是不放心。她明知王延会管饭，却仍然反复给我说："万一王延忘了管呢？"我又给婆婆打电话，让她给大儿子做点饭，可是婆婆把手切了。我算着王云到城了，又给王延打电话提醒，王延说："我们在加班，给了三十块钱，他自己买上去吃吧。"我和嫂子才放下心来，嫂子说："他可能馆子里吃去了。"

一千五百米围栏做完了，拆下的旧网片我们负责清理。这也不是小活儿，两个四轮子一卷一卷拾着装满，拉到一队的队部卸下，再回来拉。有的施工队嫌麻烦，扔在草原上就不管了，远远看上去像景观，走近发现压住了草，草儿长得歪扭而委屈。

马营镇小牧人私家马场的张彪给我打电话："能不能买点你们的旧网片？"放马的山坡上有庄稼，调皮的马爱进庄稼地。他要把庄稼围起来，就不用死跟着放马了。我问他要多少，他说："四五百米吧，我把近处的庄稼先围起来。"我去过他的马场，也到过他放马的地方，从他们屋后一直通到祁连山腹地，一千五百米网片也围不住，幸亏他要四五百米。我给工友们安顿，在靠路的围栏内放好五百米旧网片，等有人来拉时帮着递出去一下。

李斌说："谁想要谁收拾来，谁要谁想办法拿出去。"

我说："你们就收拾一下吧，然后帮忙拿出去。"

他们死活不答应。

我只好说："是领导的安排。还不能胡说，别让人知道了。"

他们疑惑地问我："真是领导安排的吗？那就没办法，帮人家拿吧。"

我刚要说，为啥自己人不同情自己人呢，但又一想，他们根本就不把和他们一样的陌生人当自己人。

晚上回来，李斌给我汇报，说给了五卷，从围栏上递出去的。

我问："够五百米吗？"

李斌说："够了，绰绰有余。剩下的给周浩留了几卷，其他的全部送到一队队部了。"

张彪打电话要给钱，我拒绝了。他说，路过时给我打电话，他的马圈上有公鸡，杀几只给我们去吃。我拒绝了。他一再恳求，我一再拒绝。旧网片都是废物，不如送给需要的人，让它发挥最大的作用。

一万亩撒播也完成了，除了下雨耽误了几天，其他一切正常，种子都妥帖地撒在了雨中。

二十九

全市学校提前放暑假。隔壁老张去张掖四中接来小女儿，一家人开心地进进出出，话音不断。是啊，有多久没有见孩子了，自我们来这里从没有见小丫头回来过，有阵子生病，张嫂去张掖陪了几天。今天老张一早去接，下午四点多早早接上回来了。看到她被爸爸接回来，我也想我女儿了。但想想她在家里，不像老张的女儿寄宿在学校，心里又有几分安慰。老张和女儿喂马，喂鸡，喂鸭子，好像没有女儿喂不了，家禽家畜也不答应。他女儿叫吴妹儿，我惊讶，这么好听的名字，谁起的？妹儿如名，喂马的时候对马说："来，让我摸摸。"马支棱着，像是没有反应。妹儿便说："怎么了，把我忘了呀？过来，我看看。"喂鸭子的时候，妹儿又说："我看看我的鸭鸭，鸭鸭鸭，鸭鸭鸭……"自己先叫上了。老张呵呵笑，说话声比平时轻了，也多了。吴妹儿十五岁，上高一。我说："和我女儿同级。"老张就问："你女儿怎么没来？"我说："学校让填什么表，还要去学校，要求不让离开县城。"看着老张一家幸福团圆，真让人羡慕，我明天要去看祁连山阳面，等我回来，也接女儿来马场避暑，和吴妹儿玩上几天。

马场有雨，我打着雨伞，穿着棉衣，冷风还从裤脚钻进来，刺骨的冷。建围栏的人没有回来，今天去了七队的草原上建新的围栏，一千多米，把一片大草场一分为二。听说牧民满草场放牧，把整片草场都踏坏了，场里说分给他一半就够了，我们便从中间加一道围栏。牧民十分不开心，一个人站在边上嘀嘀咕咕："看着我的草场大，想方设法划走一半。"其实那片草场大得无边，再大也能放 60 头牛。便宜了那 60 头牛，满场子跑，哪里草好吃哪里，真自由得无法无天。

我给王云打电话，让他们回来，雨停了再干，他的电信电话没有信号。又给李斌打，李斌的移动打通了，他说那一片没有下雨，凉凉的正适合干活儿，如果真的下雨了，他们就会把车扔下步行回来，一边走一边给我打电话，让我开车去接他们。真是个好主意。一个多小时后，雨却停了，云开始游散，很快天就晴了。我不用去接他们，于是准备去祁连山之南。

路过二场时，检查站的大姐友好地建议："这条路不好走，坑坑洼洼，石子乱飞，把车给糟蹋了。"她建议走回城的路，到了李桥水库那儿往霍城镇方向拐，过霍城镇直接到三场，再往上走七八公里路，三场草原之间有一条通往扁都口的油路，平坦得很，一口气能到达。

时间已经中午十二点了，我似乎一点儿也不着急，时间充足，我可以慢慢走得从容一点，不妨一路欣赏风景。正好看看西去的祁连山，在山丹与民乐之间有什么不同。结果让我瞠目，印象中的这一段完全变了。从三场到扁都口的祁连山全部是绿色，而且远远看去生态不错，草之本色与马场段一致，浓绿而饱满，俨然一派蓬勃生长的样子。看不出任何干扰参与，比如放牧，更别说过度放牧了。却听说每年也在修复生态，我心想，这么好的生态情况，根本用不着修复什么。若修复反而是双刃剑，一方面浪费财政，一方面干扰自然生态。其实修复这么多年，除了破坏严重的重点地区，其他地方该停止了，只要天还下雨，自然生态自会修复。

扁都口是甘青两省的一个交通口，漂亮的藏族女检查员翻看了我的大数据后，让我登记通过。我欣喜若狂，似是通过了天高任我游的关口，像一只幸福的鸟儿，飞出了扁都口大峡谷。

草原上有接待旅游的地方，现代版的彩钢板房，旁边停着不同车辆，游客穿得花花绿绿。有的地方放着音响，路过的车远远就能听到。那是一种热闹的声音，豪放、响

————————————————— 祁连山下有牧场

亮，唯独不够悠远和苍凉。路边有垃圾飞舞，有人在烧烤。一辆皮卡车停在一个围栏门口，车上下来三四个人，拿着塑料袋翻过围栏要拾蘑菇，却没有蘑菇，一直向山的方向走远了。

三十

荣幸受邀考察祁连山南麓生态，我充满好奇。南麓与北麓的河西走廊息息相关，而我的家在山丹，多年来只在北麓行走，对于南麓并不了解。

访黑河源头，要从祁连县出发，要经过野牛沟，行程近200公里。天下着小雨，空气湿润舒适，山峰被白雾笼罩，山洼里雾浓气游，我的脑海里总想到仙女的曼妙和妖娆。

不能用绿洲来形容二尕公路远近，都是草原，农田很少。公路边就是黑河，路沿着河走，河侧着路下。路边有村社，有牛羊散牧，均被围栏隔开，也与过往车辆行人隔开。野牛沟的"野"字失去一半威力，到处有人，野牛来了赶快往人多处跑。而事实上，公路蜿蜒封闭，野牛能跳过那绿色栏杆，人开着车能飞越那绿色栏杆吗?

走到"黑河特有鱼类国家级水产种质资源保护区"，我们也没有遇到野牛。骑摩托车的牧民唱着长歌，飞奔在公路上，单枪匹马不怕野牛。我们开着车，一行多人，害怕什么？我开始怀疑野牛沟已无野牛，可野牛沟地名因何而来？即使再喜欢琢磨地名的人，也不能望文生义，更无须因其名而庸人自扰了。

从海北州渔政执法大队 2016 年立的石碑上看，黑河特有鱼类是国家级水产种质资源，受国家保护，主要对象有祁连裸鲤、东方高原鳅、黄河裸裂尻鱼、长身高原鳅、修长高原鳅、河西叶尔羌高原鳅。核心区特别保护期为全年，保护区位于青海省黑河流域海北州祁连县境内。核心区分两段，一段位于黑河上游干流流域。另一段位于八宝河上游段。不只是祁连县吃不到黑河鱼，据说整个青海也吃不到青海的鱼，无论哪种，都属于国家保护鱼类，不能捕捞。

黑河两岸草原广阔，或高山或平地，远看无不绿色，近看草却低矮，缺乏元气的样子，还没长到撒欢儿的程度。尤其围栏内，草不过寸，大部分显得绿中带黄，像是刚刚生产过的妇女，从里到外透着疲惫与虚弱，急需大补，却又需要时间和清静。当然这里没有问题，雨随时会来，土壤深藏着肥沃的生机。

"长不了多高。"学者说，"天一冷，牛群就会回来，这里是冬牧场，牛群现在去了海拔高、离家远的夏牧场。无论哪个牧场，如果适量载牧，牧草便不会被吃完，更不会一个夏季长不起身来，像个矬子。"

我说："比如山丹马场，1300亩草场限养60头牛，一年吃不完，一半的生态还给了自然，草地看起来没这么虚弱。"

也许是偏见，我曾一度认为，祁连山生态最好的目前在山丹马场，植被茂盛，野生动物自由行走。到处都有野生动物的足迹，防不胜防，会被它们侵犯。

从草地痕迹看，二尕公路两边的牧场载牧量大，草原自生条件好，草却长不过畜牧的嘴唇。这里看不到"风吹草低见牛羊"。野牛沟是两山夹立的纵深世界，除了一河、一路、偶尔的村庄、有一搭没一搭的农田，谈不上"天苍苍，野茫茫"。这里除了向高的赞美与想象，如山头偶尔出现的牛羊，再就是沟一样狭长的自然与开辟，弯弯曲曲，因沟的蜿蜒而曲折。人无处不在，野牛沟没有野牛，沟岸之上是太阳炫目的山顶，是正在吃草的牛羊。二尕家的、达娃家的，他们的祖先驯服了野牛，没有驯服的是不是退居到了无人的地方？我一边听学者推测，一边回想着书上看到的自然规律。动物的野蛮只为了觅食和正当防卫，除此之外，它们都在礼让，去安稳的地方繁殖和生存。大山里有它们安居的环境，人类尚未到达那里。

黑河依山面上挂立着云杉，无论山体倾斜与否，云杉都修饰成垂直。垂直的绿色生机个体向上，群体纵横，形成了松林，在黑河的涛声中，不惧水冲刷根基，不畏山高而永无出头之日，只顾生长，向着蓝天。

车在想停的地方停下，时间并不慌张，充实和自由，与外界一分为二。看山水与草木，才发现一切都在这里，所有的词语皆不足形容，因为一切无须形容。

看到一座废弃的桥，桥下仍然大河流过。桥身由红砖水泥筑成，桥身的大拱形两侧各有三个小拱形，筑桥者深通物理与算术，是怎样的技师？桥形俊美完好，这一段河流彰显了文化与人的智慧，记录了纯手工时代的温度与爱心。桥在，这样的时间沉淀就在。我们说，应该保护，这是一座普通的桥，却在艰难时期发挥了桥该发挥的作用，连通两岸自由，拉近了咫尺天涯。

桥的下游，依桥跨水挂着风马旗。桥的上游树木成林，下游两三棵稀稀拉拉。其中一棵斜倒在岸上，根在水里，整个已经干枯，成了自然的艺术品。这是黑河经过的地方，上游的人为下游祈福。下游流向河西走廊的张掖，见河爱河的人想把这条河借走，或者改变一下方向，让她经过干枯的母亲河，让其复活，让河边的子民滋润地生活。然而，听学者说，青藏高原形成时，无数板块运动隆起形成了祁连山，而河西走廊因推力不够没有推在一起，形成走廊式峡谷，成为断裂带。因此，从祁连山流下的自然水系在干枯的母亲河里断带，成了祁连山脉例外的缺水区。事实上黑河不经过那条母亲河，那条河已于1995年干枯，河畔的用水危机将越来越严峻。

黑河岸上多见金露梅，开在石头缝中，漂亮而舒展，正在向四周延伸。还有紫苏，初闻刺鼻，再闻却清香沁脾，开着紫花，内敛而雅秀。我觉得其名太江南，与西北的性格脱离。不记得小伙伴有叫紫苏的，却这"梅"那"菊"的，一叫就有一大片会答应。总觉得紫苏有点矫情，直接叫梅叫菊，便能叫出西北顽强干练的性格来，虽然高冷，却有花之气节，灿烂而不俗，芳香不迷醉赏者。

还有许多植物，盛开的野花，在黑河流域、祁连山黑河源国家湿地公园，在黑河水的两岸。无论平地还是山坡，向远都是草原，几百里一致。低矮的绿色，刚从冬春牧场转换到夏秋的生长，还没有起身，没有恢复元气，一副休整后的懒散，在等待时间和雨水的激励。二者缺一不可，时间要足够生长，雨水需细密充足。仅靠黑河水滋润是不够的，河水有河水的使命，向远而善浇灌。草原靠天空浇灌，地上的河流不足以养活草原。草原辽阔，所有的河流不为草原停留，要么经过，要么流干，没有一条河流为浇灌草原放弃远方。草原与河流在同一气候下相互绵长，如果河流干枯，要从外流域调水，只能让干枯的河流复活，潺潺而下，保证灌溉与人畜用水。河流取决于外流域气候，草原取决于本身的气候，或河流带来的小范围改变。仅仅靠夏天降雨能否涵养草原生态？其局限性毋庸置疑。如果能，河流是否会四季流淌？干枯的河流是否成了永远的旱岛？

随着地球气温的升高，祁连山冰川越来越少，所有河流减弱了原有的流量。如果夏季雨量反常增多，人们做好储水的充分准备，祁连山流域的水源从天然冰窟，变成天然水库，流域范围内的生态即使有所改变，人类生存的水资源条件也不会令人担忧。否则，若干年后，冰川不会增多，地球升温会不会塑造另一个祁连山？祁连山流域的人民该怎样做好准备，怎样去顺应新的变化？

黑河里长满灌木，远看好像厚厚盖了一层棉被，茂密得要攻上河岸。根据经验判断，那应该是黑刺，因为刺密而硬，牲口一般不吃，所以，长得无法无天。黑刺颜色深绿，比草地深了几个色度，与之拉大了旺盛的距离。如果适量放牧，留给草地复原的机会，草地定会长出黑刺的气势，黑河源的自然生态就不会出现悬殊之差。草原专家断定，我们看到的草原"虚弱症"非一两年造成，而是长期"透支"才形成的结果。

黑河源头在二尕公路127公里向南的山口，往里走至源头八一冰川。路北设有自然公园标志，悬空的钢架镂空标牌，上写：黑河源国家湿地公园。一旁垫起了一块黑色大石，房子那么高大。石底的垫土上用白色大理石拼出三个板块，板块上写着黑色大字——黑河源，字形飘逸自然，如河有形无形，如水不流则流。

返回的路上，特意去了冰沟河，河里多石，逐渐有了祁连山北麓哈尔腾草原石头的相似性。一块青色石头上有白色腰带，还有腰花，我脑子里出现玉带缠腰一词。红色石头上镶一层白色，像猪膘长在瘦肉上，让人视之欲食。一长条青石顶一层晶莹剔透的白色，镶嵌的白玉顶盖一样，来者不凡。多数是深沉的青绿色石头，与哈尔腾最普遍的石头相似。我以此断定，如果不是在河水里冲洗，放山头上日复一日地暴晒，一定也能晒出油润，像猪油抹过，在时间里等雨雪霜露提炼自己，向更纯的玉质进化。

最后，来到多宝河边，寻找多宝河与黑河汇流的地方。在去野牛沟经过的皇藏寺地域，一个叫宝泰商砼的工厂对面。河边树林成墙，河里野柳丛簇似小岛，一路无数，顺流而下，巩固河堤，缓冲水的猛力。河面宽二百米左右，横建了一米多高的跌水坝，北岸边有分水闸。汇流上端有回水湾，比河本身要大要宽。河水震耳欲聋，却不感到聒噪，反而有发泄式的治愈力。加上小雨，身心澄澈湿润，郁结顿开。黑河从发源地至此，供青海人民一路用水。在这里与八宝河交汇，折北后西流，入河西走廊，过张掖，出高台的正义峡流向额济纳旗。

一条河流是其发源地的一条蜿蜒心路。祁连山有无数心路，有的汹涌澎湃，有的温良娴静，有的汇入大海，有的却流干了。比如我故乡的母亲河，还没来得及保护，诸多原因就让这条祁连山的心路，在二十多年前就干枯了。也许对于祁连山而言不足为奇，但对于河流所养育的一方水土就出现了生存问题。与整个祁连山生态有很大关系，可惜母亲河干枯在保护祁连山生态以前，如今再也没有回天之力。

我们沿着黑河在走，我懵懂初开，似跟着自己的脐带在走。无论走到什么时候，脐带依旧走不出母亲的子宫。祁连山以高形成冰川，却以河流流出长度，河流入海，其长无穷。与其看它的高度，不如跟着一条条河流去流浪。

三十一

　　所有的山被浓雾笼罩，雨告诉我们，向山区进发，既神秘又历险，行将属于勇者，或者无知。为我们制定线路的是学者，不但熟知路上生态，而且在途中的一个小煤矿上，他有过刻骨铭心的青春经历，那是他人生转折的深刻记忆。他说要去寻找青春，先到的人给他打来电话，我们正在为你寻找青春，你到哪里了？

　　他还在路上，清理了一下行程带来的尘埃，等了等充满美好愿望的约定。说是寻找青春，他似乎在做奠祭的准备，内心盛放着只有他自己知道的秘密，为中年点灯，发出对青春怅然的感叹。

　　经过阿柔乡，曾经声名赫赫的大部落，在镇上看到一人多高的野生大黄，茂盛得有点粗暴，大有不过房檐不罢休的架势。长到秋天不知它会长成什么样子，天时地利，好像季节对它影响不大。我想起不久前，也是在雨中，散步时来到一个人家门口，一位老人在挑蒲公英。锯齿状细长叶的蒲公英正是凉拌最好吃的时候。马场的人不失时机，挑几棵做一道菜，桌上多一风味。也可以晾晒一些泡茶喝，可以降火。我站下来看她，那是生活的身影，不在乎初到的小雨，重点是正在做的事情。她挑到一棵大叶子的植物旁边，为之清理开周围的空间，摸了摸叶片。她说那是大黄，一种能够泻火的中药，长起来很凶，比人长得高，马场适宜它生长。我拍了照片发给朋友，是想把一种爆发力发给他，关乎生命、心灵，甚至关乎灵魂的对撞与激励。

此时的阿柔乡也下着小雨，随便走走看看也出现大黄，真长得比人高，还在没高没低地长着。也是在一个人家门口，大黄包叶已经打开，只为上长，为我们开启远游之门。一位藏族老奶奶背着包佝身走路，她一边走路一边打电话，经过我的身边，我听不懂藏语，却觉得那种话语好听。前方的路安全却未知，甚至迷茫，但充满尊重，甚至具有仪式感。这多么宝贵，我也会以我的方式尊重并发现，寻找旅途中的意义与价值。

经过阿柔大寺，不知什么缘故谢绝游客入内，那就在门外祈祷吧。但看到我们的车停下，几分钟内连续也停了几辆。游客络绎不绝，阿柔大寺的慕名者络绎不绝，但在旅游季节谢绝入内，是什么把阿柔的香火拒之门外？

迎着南面白雾缭绕的"仙女山"向刚察县行驶，我们身后的"仙女山"也在挥纱撩雾。好像祁连山吐故纳新，营造一场又一场雨，要在七月下够该下的雨水。青海真是富地，在高温季节每天云雾笼罩，酝酿一场又一场雨，降给草原和田地，如降给了银子和粮仓。青海大地富有得如此盛大，让来自祁连山北麓的我羡慕得要死。我们因缺水而干旱，因干旱选择种能种的庄稼。如果雨水真的连续，像此时眼前的青海一样，我们又可能手足无措，没有做好收集和储存的准备。那么，剩余的雨水又会浪费。

离开峨祁公路转向天默公路，走了不到20公里看到金露梅，正在盛开的金色小太阳漫山遍野。我惊喜地一路念叨，山丹马场没有看到的扁麻滩，在这里却看到了。金露梅被马场人叫作扁麻，青海人又叫作边麻，我只叫金露梅，因为第一次见时它就叫作金露梅。好听的名字，我很喜欢。还有银露梅，与金露梅相间丛生，是焉支山的主要灌木之一。我以为有金露梅的地方一定有银露梅。在山丹马场没有发现银露梅，在这里也没有发现，一棵也没有，真奇怪。这里海拔3200米以上，山丹马场2900米左右，是不是高海拔地区不易生长银露梅？昨天在海拔2877米的黑河边看到银露梅，说明祁连山南麓也有相同现象，金露梅无处不在，银露梅在海拔低的地方。从百度得知银露梅生长在海拔1400—4200米的地方，不知这个4200米在什么地方。或许会有人嘲笑使用百度的人是纸上先生，而不去实地考察。甚至认为专业人士100%相信百度是不靠谱的，其专业性令人怀疑。问题是目前不知道海拔4200米的银露梅长在哪里，也许把银露梅和金露梅的特性混为一谈了呢？

同行的老师说："看你这么喜欢金露梅，你就是祁连山里的金露梅。"而我看着一座座白雾缭绕的山峰，好似雾里有仙女，我便开玩笑地说："祁连山里一定有金露仙子，说不定我就在其中。"

小河从山口流出，两岸的金露梅推开山坡，为水和石头让开路，借一场小雨欢送小河。山坡上隐约看见彩钢房，旁边的水泥电线杆排着队进了山中。学者要求把车停下，他猜测进了山应该有矿，或许是他当年离开的那个小煤矿，看周围环境他感到有点熟悉。

我们没有跟过去，对于怀旧和寻找过去的人，应该让他沉浸其中。下车的人看周边风景，看河里的青石为何裹着土黄色的泥皮。不是黄土地的那种土黄，偏向于金色的那种黄，像是要从中析出值钱的东西来，让析出者索取惊喜。是的，这里的土壤大多是这种黄，深深地藏着一种秘密，而秘密的核心就是打开宝藏的钥匙。水并不混浊，清清的水冲洗着河里的石头，在冲去曾经时光，却冲不出所有真相。

学者在山口站了许久，像一个怀念或默哀者，把严肃的背影留给我们。他找到了吗，逝去的青春？他为逝去青春的人找到了什么？无论找到与否，他今后的时光，会不会有与青春一样的迷茫与彷徨？青春的出口在青春，那么中年，暮年呢？

观风景的人不谈年华，借熟悉或陌生的风景释放或疗伤。或许还没到时候，或许此处不是刻骨铭心的地方，他们怀着默默尊重的情怀，在小河边遥望，或徘徊。

我在河边草地上看到麻黄，一种发散风寒的草本中药，喜光，耐干旱，耐盐碱，抗严寒。适应性较强，在沙漠、高山、丘陵、平原等地均能生长。其性温，味辛，微苦，有发汗散寒、宣肺平喘等功效。这何尝不像坚韧的人，走过泥沼和沼泽，经历风雨和酸辛，磨砺过了，练就为自己散寒、宣肺、平喘的功力，愈久弥坚。

继续沿着天默公路行走，金露梅遍地盛开，不见放牧，草地茂密旺盛，植被足有半尺多高，生机无限。

"这里可能禁牧了。"有人说。好像这里在重点保护，围栏并不细化，不放牧也不用细化。植被没有踩踏和啃食过的痕迹，整体生态郁郁葱葱，近似一种原始状态。但不知为何要重点保护，是不是遭到过重大破坏？

我只是看着土层为什么那么黄，黄得要变成金子，能够为生活添金的物质。那是一种舒服的，充满诱惑的颜色，它的肥沃不止于万物生长，还包含了人类的追求，能够满足贪欲和掠夺。

真如穿越天境，一路金露梅相伴，空寂的山路不再孤

　　　　　　　　　　　　祁连山下有牧场

单。绿色草原从山上漫布到山下，在雨雾中新得自顾自怜。有的山上有突出的山嘴，各种形态蕴含着山的本意。我想起鹰喜欢落在山嘴，在山嘴子上繁育或翘望，建立自己高高的家园，一为了起飞，二为了远离侵犯以保安全。大自然的鬼斧神工，云雾中的山嘴子充满奇幻，让你看得忘了世界，忘了一辈子的时间，仿若被凝固在那看山之间。

边走边看，河边出现一堆堆石头，小则如卵，大则似钟。河滩即堆石滩，没有穷尽，一眼望不到头。看似像地壳运动推出的地理现象，用了排山倒海的力气才做到如此，人力造这样的场景那得多大的动力。

石堆上长出青草，各种花儿在青草丛中盛开，金露梅为主，要覆盖石堆的气势。石头的颜色形状包罗万象，玉石厂才有这么丰富，并有这样的数量。这里的土层依然黄色，有挖掘过的地方，黄得醒目。一个大水坑里有水，水洗过坑里的石头流向山下。仔细看这里应该是淘过金子的地方，黄到似金的土质，翻洗过的石头堆，清澈见底的水流，被挖过的土层。石堆长达几十公里，好石头各种各样，有的墨黑，光滑如绸。有的翠绿，石群中一枝独秀。有的含纹，脉络如画。有的粗粝，出奇沉重。这是我见过最多最广的祁连山石，比哈尔腾的丰富集中。我们推测这里还是一个玉厂，一矿多种经营。

鸟儿在石头与金露梅间跳跃、鸣叫，有人走近也不惊慌，慢慢飞到另一个落点，发出询问或引诱的叫声。这是个富有灵气的地方，出产出乎意料的珍物，鸟儿淡定从容是在维护家园，还是练就了平静？然而这里却伤痕累累，遍地体无完肤，看得出在疯狂和野蛮叫停之后，慢慢修复着寂静的哀伤。这便是生态保护和修复的好处与见证，不能说早，早就不会造成破坏。也不能说晚，能住手便永远不晚。让犯罪的人忏悔吧，或者承担法律责任，谁破坏大自然的宁静与完整，谁就应该付出沉重的代价。

河对面的山体更加严重，炸药爆破过的痕迹流下一行行泪痕，有的地方长出了绿色，有的地方剥光了土层。空气潮湿一些吧，让石头长出苔藓，可有限的雨水与雪不能使空气一年四季都潮湿。战场太大了，目之所及处皆是哀伤。小雨是流不尽的眼泪，或是鲜血，让人心疼，要疼出泪来，疼出大声喊叫。山在人的贪欲和野蛮里被忽略了生命、平等、感知、皮肤和骨质。人借开采之名随便动用，搜刮、掏取、切割、轰炸、解体。山成了人的摇钱树，人对山痛下着狠手。山被截肢拉到各地，山成了破碎的流浪者。不知山神去了哪里，是不是因为失职正在服法？"杳杳天低鹘没处，青山一发是中原。"苏轼思念并寄托了什么？青山一发处如果没有青山，中原又在哪里？"我见青山多妩媚，料青山见我应如是。"辛弃疾偶尔宽心怀想的吉光在哪里？如果青山不再，我拿什么比妩媚？

我痛心得失去了理智，心疼面目全非的大山，像心疼烽火硝烟中归来的亲人，我反复念叨，英雄的山高高耸立。这就是必须保护的原因，令人欣慰的是已在修复之中。这就是修复的好处，我瞬间感到修复工作的责任与使命。这里花了多大的力气才回到修复？修复后的大山还能回到原来吗？修复后的生态还能回到原来的生态吗？深山之中还有多少？大山里能不能只保留大山的声音？

　　我们隔河相望，看着对面的山集体沉默，仿佛也在修复自己结痂的、使劲磨平却磨不平，不得不交给时间和自然的伤疤。

　　石缝里长出了青草，轰炸过的山崖正在被雨水浸润。路边看不到放牧，修复中这里不能放牧，偶尔看到的牦牛在数公里以外，也不过一两头，像是偷偷跑出来的。对面山上没有破坏，塑料包裹的帐篷周围牦牛不多，体形不大，周身牛毛漆黑顺滑。其中有"长发及腰"的白牦牛玉树临风，我们推断这是一群精品。这样的牦牛能按主人的需求如期长成，经过高山养育，其肉质能够达到上等。这里是高山牧场，远离牧村，体魄健壮者才能被赶到这里，年老瘦弱者走不了远路。由于载畜量不大，这里生态格外茂盛，低处的禾本科牧草叶子宽大，稠密处挤挤挨挨，足够牛舌头无情卷住。稀疏处草叶三四寸，长得十分有劲，这些草应该是牛舌头遗漏的，长在矮土崖下面像在藏身。

被牛舌头绕过去的还有火绒草的花朵，正开着海星一样的白色小花，叶子也被牛吃过了。火绒草又叫雪绒花，是藏族古老文化中的神圣之花，不但能够美白皮肤，还能排除皮肤中的毒素。这是一种美容圣品，牛竟然不吃它的花朵。是牛爱惜花朵，还是雪绒花不可吃呢？

还看到几棵葵花大蓟，满身是刺被牛绕过去了。记得地边上小蓟带刺，可牲口爱吃，是因为小蓟又叫刺儿菜，据说是一种优质野菜。带刺的野菜人吃得牲口自然也吃得。那么这葵花大蓟呢？刺长得如此夸张要护住什么？牛不待见反而成全它恣意生长，算不算淡定从容？我想，牛不吃葵花大蓟还因有更好吃的，草地上不只有青草，还有其他中草药。这里的牛吃着优质青草和中草药，喝着纯雪水，难怪会养出肉质优良的牦牛。这也是市场经济中畜牧业成为产业的一大原因。难免超载，当载畜量超过草原极限时，生态自然被透支，所以要限牧，禁牧，形成人与自然之间的另一种循环，人不得不保护这个循环平衡。

在扎西达娃哥哥的帐篷边，看到一头牦牛在天棚河畔吃草，正在脱毛，有点邋遢。耳边的一穗红线花不知记号着什么，扎西达娃说，那是一头不用上山的牛。原来，牛群在山上，山高雾深，抬头不见牛。这里是天棚河中段，两边高山耸立，绿草纵横延绵，我们的视线被雾海收纳，想象力跟着山顶的绿草去了天上。高山穿过云雾，去了更高处搭

　　　　　　　　　　　　祁连山下有牧场

建天棚，一层又一层，天棚河的上空是层层天棚。河畔与山坡有金露梅，还有近似金露梅的植物，有更细碎的白色小花，绿色草地在天棚河的烘托下，合奏着色彩斑斓的自然之音。

我们走近，想看看帐篷里的放牧生活，走出来一个青年客客气气。他就是扎西达娃，在西宁上大学，专业学英语，过了一级。他的普通话说得很好，老师们说，他将来精通三门语言，大有成长空间。扎西达娃的愿望是想当翻译，正应了老师们的判断。扎西达娃听说过藏学家龙仁青，崇拜他的学问；也知道万玛才旦，看过他的电影。他说，天棚河因两边的高山被云雾遮顶，像天棚一样，故叫作天棚河。天棚河边的公路叫天默公路，一路风景好，远近闻名。天棚河在这里最壮观，草场也最肥美，他们的祖先一到夏天就在这里放牧，哥哥的草场是祖先留下来的。这里没有牛圈，高山与河谷就是牛圈。只搭一顶帐篷，给牧人遮风挡雨。

扎西达娃刚放暑假，被哥哥接来看看牧场。他的小侄子两岁，也是牧场的主人，跟父母住在这里要度过整个夏天。帐篷里有他的嫂子和姑姑在做饭，我冒昧揭开门帘一探时，她们俩害羞得转过了身去。奶茶的香味扑鼻而来，帐篷里的热气扑面而来，家的温暖消退了我们身上的寒冷。我们穿着羽绒服，队伍里有人在马甲下面穿着半袖。那是一种心热不怕露胳膊的状态，令所有人匪夷所思，他却丝毫没有冻着。

他让人把车上的大部分食物拿给了小主人，大人和孩子都对他流露出友爱的笑容。有人建议合影，扎西达娃抱起小侄子，和哥哥靠了过来，三个自然鬈发的藏族男主人与我们留下了合影。告别他们，车子走在两边奇峰怪石的山路上，仿佛绿色植被长上了山峰。山峰又从绿色植被里长出来，突兀嶙峋，或独立或群列，俨然天之孵卵。这里海拔3545米，我却没有出现海拔2900米的山丹马场那种胸闷气短的高原反应。

上到一个大山口，两边山头上经幡猎猎。人工挖开的山口横拉着经幡。山风阴嗥，有人像神一样在不远处转山。玛尼堆上有神龛，白色哈达和黄色哈达披裹。旁有金色小经筒、供品、焚香的烟雾。高山上有神，人走出的脚步即神步，人是上山的神。

一队摩托车从南坡里盘山而上，绕来绕去上了山口，经过我们和经幡，一个大拐弯，下北坡呼啸而去。神秘头盔，鹰型车头，打开的车灯，棉衣外罩亮黄色队服，速度、队形、车技，仿佛恍惚之间，一起驶向天棚河方向。

去默勒镇海浪村的路上出现鼠兔，要到公路对面去，你以为快速经过的车轮会轧到它们。其实它们防得极好，跑几步停在你的车盘下面，完美躲过车轮的碾轧。一直到哈尔盖河边，我们下车拍照时发现，草地上鼠洞多得无处插脚，这里的草原鼠害严重，就在路边，与河相隔的草地被打得

————————————祁连山下有牧场

千疮百孔。不知青海这边怎么防治草原鼠害，穿过草原的公路鼠兔横行，草地上鼠洞稠密到沙化。人无处插脚，鼠兔却在一米开外从容出没，或两个一起探脑，或一个大摇大摆，那架势分明在探莫名来客，为何闯入它们的境地。它们因何如此恣意，是被慈悲的信仰包容？还是为了生态平衡保留的种群？无论慈悲还是保留，沙化的草原需要挽救，公路上穿行的鼠兔需要保护。否则，不但伤害它们，而且也影响驾驶安全。这便出现了矛盾，怎样保护？针对鼠兔围栏式的防护吗？又缩小和阻止了鼠兔的自由活动，青海草原广袤无垠，成本投入无疑巨大。再说，也许只有外地车辆会受安全影响，本地人已经习惯，鼠兔是他们司空见惯的动物，若不在公路上自由来去，他们的生活可能会发生改变。

路过热水煤矿，特意绕到矿区看看。偌大的所在，大部分车间处于停止状态。只看到一辆工车在清理什么，听声音像是某种最后的余声。厂房空寂，停产的空间透露着空洞而压抑的哀伤，似是里面藏了妖怪。墙体脱了颜色，缝隙间流出的混浊液体已干，到处是黑色的影子，即使白墙也污眉垢眼。看一眼就走，多看毫无意义，一个从光明进入黑暗，又在黑暗中滋生贪欲和掠夺，把一座山当作一块石头实施任意手段的地方，每看一眼都是哀伤。让一个祁连山生态修复者，看着祁连山的呻吟，好比自身受了重伤，施以多大的援手，就是在赎多大的罪过。每个修复者都只处在现在的时间表面，过去已深的时间谁能修复？诚惶诚恐，我们只能留给后代修复过的祁连山了，一开始就没像佛塔一样去保护和敬奉。只能次生，次生灾害，次生林，次生的生态。一座山，一座父母山给予我们生命，并给我们树立精神，是谁让他不堪重负。幸亏吹响了哨子，以现在为分水岭，祁连山生态成为从此保护的重中之重。修复是有限的，放过和保护才是王道。修复应该适可而止，相信自然的能力，珍惜国力资源。

到刚察县不是很晚，去沙柳河边转了一圈，没有找到湟鱼洄游的观看点。晚饭后散步再次去找，观看的景点锁了起来。看着千回百转的景区排队通道，一切似乎都在改变，曾经热闹的观鱼口，如今空寂无人。夜幕下的水面倒映着变幻的灯光，对面古堡一样的蕃域大酒店传来欢娱之声。那里住满了游客，虽然房价昂贵，却要早早预订。我们来迟了，最便宜 688 元的房间也已订完。里面是电影里的吐蕃风格，又不失藏族古老的元素。我感觉到了异国，又像进入遥远的部落。这里的女子高秀俊美，这里的男子轻灵骨感。他们的藏族衣着华丽高贵，他们的一言一行友好客气。气质尊贵的男女客人举止不俗，欣然来去。莫非也奔湟鱼而来？不知他们看到了没有？听说为了保护生态暂不开放，我们失望却又欣喜。纵使游客再多，生态也被保护了起来。湟鱼洄游虽然壮观，但那也是生命生态，我们应该尊重和避让，给予它们干净神圣的空间。我们决定，明天顺河而走，能看则看一眼，如果不见，只当路过。

三十二

　　雨下得不大不小，车子在雨中起步，再一次羡慕青海。丰沛的雨水啊，浇灌了农田和草原。湿度和温度让人舒爽，在雨中行路别有情趣。我们像梭罗笔下的漫步者，没有目标，没有目的地，走到哪里哪里就是圣地。我们不仅是具有冒险精神的漫行者，我们还是考验内心的勇敢者。祁连山腹地天大地大，何不把此行当作一生。尽可能漫步成高雅的艺术，而不是带着研究的目的去考察。考察带有探访性，探访带有窥探性，即使是光明正大的探索，也不能走成冒犯的行者。

　　爱祁连先爱她的生态，付诸行动才叫热爱。必须在其中，朝夕相处，水乳交融，缝补其伤，共筑其灵魂。转换身份，像母亲一样爱怜与呵护，像父亲一样守护并经营。当其为家，神圣不可侵犯，用生命去保护和捍卫。否则，又凭什么？任何企图借其名谋其益，怀有不纯之心的索取都是侵犯，都是在慢性破坏。扰乱了原有的健康与宁静，成为主犯。

雨中的湟鱼也洄游吗，我们遇到了雨，并乐享其趣去看湟鱼洄游，又意味着什么？湟鱼已在祁连山生态保护范畴，并已取得显著成果，我们的观看会不会增添干预？如果没有我思，只有我在，冒昧打扰，咔咔拍照，制造喧哗与垃圾，我们还要观其什么？观看的意义如果只在走马观花，是不是潜藏欺骗性，利用人们的好奇心促进消费？

随意走好了，与智慧的人一起，怎么放逐都不会迷失，借前方自然所见，季节、天气、心情、脑路，似乎都被打通。即使在冷风冷雨中，在万物玄妙的连接中，甚至感觉新的灵魂在重生。美妙的事情可遇不可求，考察也是。跟着会走的人走，不走走马观花之道，走伸向村庄的小路，从民间看生态，也许更有收获。

经过沙柳河大桥离开刚察县城，跟着沙柳河走了不远便跟丢了，河呢？我们遵循了路的规则，却被路留在河流之外。方向完全反了，两三公里处只好向右拐，拐上的土路把我们带到一个旧城遗址。从土夯的城墙、墙内房圈的布局看出，这里更像是一个人口众多的故居地。墙的地基由沙石与湿土混合夯成，竟然黏合得结实如石，达到甚至超过了作为地基的牢固，即使废弃后也严丝密合，依然像自然形成的一样，撑起了土夯的城墙。

我打开手机测方位，地址显示，伊克乌兰乡沙柳河镇。那么，旧城遗址就是伊克乌兰乡原址，原来的一个乡镇像一座城，所有的乡民在这里来来往往，城便有了巩固稳定的生活气息。现在的乡镇像个时令集市，赶集的时候把人召集起来，商贩比游人多，大部分人离开村子去了城里，大部分村子成了空村。赶集完成形式主义的工作后，人便散了。这样的赶集若是带不来等值的效益，反而带来麻烦与折腾，不赶也罢，让人民自由经营和买卖，倒不失为一种尊重。

　　废城被铁丝围栏圈禁起来。依然做了保护，却没有碑记之类，甚至没有任何文字。老师们推断，废弃不久，算是新的东西。可按新的东西而论，又似乎损坏得太快了，什么都没有，只剩下城墙。城池的平地上植被已经根深蒂固，形成了茂密的草原形态，而且已被鼠兔占有，满地的土堆代替了原来的民房。这座乡镇旧城与河西走廊一些长城驿城规模相当，与高台县许三湾，骆驼城相差无几。这样的城当时能住多少百姓？如今他们去了哪里？是否都在新的乡镇？

　　我们为何来到这里？或者是我，记录和修复祁连山生态，与它又有什么关系？同行的老师说生态是一体的，难道仅仅只有生态？

　　围栏内的草地上鼠兔窜动，洞穴如织，不亚于哈尔盖河畔的残害程度。再次感动藏族人民对鼠兔的悲悯之心，用围栏圈住人和牲畜，保护遗址的同时保护了草地。却不灭除破坏草地的鼠患，他们的包容之心有多大？与他们共生共存的生物有多少？他们平衡世界的指数有多高？

周边是牧场，不见牛羊，离家近的地方是冬牧场，牛羊去了高山夏牧场。草情不是太好，吃下去的草还没有长起来。草地上多见狼毒花，零星在开，海拔更高的地方接力了狼毒花的盛开，与山丹马场相差了一月左右。城墙边有夸张的葵花大蓟，用心奉出十朵花蕊，还在努力孕育着花蕾。

离开的时候，看到遗址东边的山脚下有墓地，墓地上有香炉，远远近近看墓碑，约是一米高的白色字柱。字柱上是汉字，这是一个汉族墓群。字柱顶上有石狮，脖上系着红色被面。墓碑上也系了红色被面，鲜红的一片，不像是墓地，倒像是重生的起点，喜庆大于暮气。这里不沉浸在过去，而以怀念的方式向往未来。显然，那红色从绿色的草地上升起，带着人们的美好愿望，向宇宙打了一个邮件的包裹，通过墓地交给了自然。

似乎与我家乡相似，甚至更为讲究，有的用红砖或水泥拱出来，似是成了另一种豪宅。与纯土堆的埋葬有了区别，反而与土有了界限。土为万物之源，生发之地，我们说母亲的土地，就是因有孕育的血脉。反倒那些砖瓦水泥，本就是机器制造的再生之物，给草地增添了坚硬、阻断、不能滋生的阻挡，事实上干预和污染了自然。

同行的人没见过墓碑上系红色被面，他们觉得奇怪，但又尊重这里的安宁与神秘，转过身来，慢慢离开。

而我不觉得奇怪，从祁连山北麓到南麓，相似之处庞杂又深邃，当然包括生死文明。也许这正是连贯我们的隐秘丝线，从有形到无形，没有边界，是人与自然的关系。当然也是因为，我们集中在祁连山流域，更近一些罢了。

伊克乌兰乡遗址的西边出现河流，是沙柳河，河滩宽绰，河心里流过的河水缓稳，浅亮，像一首流浪的歌。河对岸有路，明亮的一条直线，顺河而走，那才是我们原本想走的路，那条路上能看到湟鱼洄游。如何到达？我们坚持不走回头路，不回到原处去找新的起点。更何况想走草原深处，经过草原深处另寻新的起点。正思量间，过来骑摩托车的藏族男子，穿着藏服，戴着脖套，嶙峋的脸庞，充满光芒的眼神。他指给我们进入草原深处的路，说是虽远，但路上风景迷人，一直走下去，就会走到我们想走的路上，能够看到湟鱼洄游。

祁连山下有牧场

三十三

　　向草原深处前行，看到河对面公路上飞驰的车辆，离我们不远，但绕过去可能需要很长时间。越走草场越好，旺盛的植被直往上蹿。又出现了金露梅，绿色草地上鲜明的黄色精灵，在越来越大的雨中，盛开在漫山遍野。没看到银露梅，下不了车也无法寻找。我断定没有银露梅，这里的海拔超出了沙柳河村，明显感觉到了气温更低，看样子降水量也大，和一场的条件相似。山间偶尔出现牧屋，或一个村子，坐落在金露梅的花海之中，像遥远的肃穆人间。周边种了青稞和油菜，又把我们拉近了距离。高个子的藏族男子走在雨中，雨丝分化出多重身影，大雨中的沙石路上走着一群藏族男子。他们不怕风雨，只怕牛羊在风雨中走失，他们要么去山间寻找，要么去旁边的村子打听。过路的车辆带他们一程，送到村口挥手道别。

　　翻过东浪木垭口时，大雨滂沱，草原景色越来越美，牲口不多，应该都去了夏牧场。我打开 GPS 测海拔，3669 米。比山丹马场一场高出近 2000 米海拔，我竟然心不跳，气不喘，反而在湿润中感到舒服。这被称作高原反应的现象，在一场动辄就来，即使在海拔 2900 米的地方，躺床上看书，看着看着也会气短。我把它归为长时间不活动的缘故，起来走走，果然好了。到青海一路走来，任何情况下都没有发生此类反应，我纳闷原因。答案有几，心情好；注意力转移了；这里氧气含量高；一直在活动；地理气候的原因，等等。当然有打趣也有道理，这并不重要，重要的是我对前方充满好奇，完全忘了此行的任务。玩兴十足，在大风大雨中彻底放开，忘了同行是大咖，还是学者，他们只是平常人。我像盗窃者一样欣喜若狂，美醉了，我盗取了神话般的世界。此刻，没人约束我，不信任我，向我发来警告的话语，等着我的笑话教训我。我是自由的，我忘了体统，我坐在车里仍然被大雨滋润。我干旱的心田正在下雨，我花枝乱颤，我是走出屋子，来到自然界的植物。多大的雨都不会把我淹死，相反，我更加恣意洒脱，我把几十年欠下的风景录入大脑，除非它受到震荡后失去记忆。那将是我回味无穷，记忆犹深，能够治愈心病的风景，永远能够滋润心田。

山野广阔，不见一人，偌大的草原空寂安宁，所有植物都在畅饮中旭日待发。

　　　　　　　　　　祁连山下有牧场

三十四

　　从沙柳河镇新海村的路碑处上了公路，顺河而走，才看到河水并不缓稳。宽阔的河水向东流淌，车停在路边下河即可看到湟鱼。千帆竞发，逆流而上。密集成群，溯河洄游。浅滩上背鳍露出水面，受精产卵的地方形成数十里河道，半河清水半河鱼。这只是沙柳河，刚察县境内还有布哈河、泉吉河，都在同一时间，演绎着高原裸鲤生命的奇迹。这是祁连山生态修复后的奇观，是青海湖生态系统变好的见证。

　　突然，电闪雷鸣，暴雨如注，下不了车，我们被眼前的雨势惊呆，渐渐理解成某种天意。不能太圆满了，已经收获了美景，再收获奇观未免贪得无厌。如果幸运，去往青海湖的路上会看到湟鱼洄游。若看不到，岂不为下一次走访创造了理由？

　　来到了刚察大寺前面，飞檐翘角，金顶白墙。殿堂高低错落，层次与布达拉宫极近相似。刚察大寺在峻山绿野之间，琪花瑶草，碧原辽阔。周边草原草情良好，正在雨中蓬勃生长。寺前没有一只牛羊，给草原留足了生长的能量与时间。寺门紧闭，大雨逼我下不了车，可仍然有人下去了，看了看周围生态，向着寺院注目致意。然后拍几张生态照片，回到车上。

大寺前面的路边有绿色标牌，从牌上得知这里是饮用水源二级保护区，牌子上有四条规定：

不准新建、扩建向水体排放污染物的建设项目。改建项目必须消减污染物排放量。

原有排污口必须消减污水排水量，保证保护区内水质满足规定的水质标准。

禁止利用未经净化的污水灌溉农田，已有的污灌农田要限期改用清水灌溉。

化工原料、矿物油类及有毒有害矿产品的堆放场所必须有防雨、防渗措施。

原来这里有工矿或工厂？而且有污染物污染水源？有毒有害的矿产品场所要防雨，防渗？如此严重？这个牌子究竟是为了警示，针对性设立，还是针对已经存在的问题规定而设立？我们没有看到任何工厂，不能随意妄加猜测。但从中可以看到一点，那就是生态保护工作落实到了这里。这里应该有矿藏，借资料了解，刚察县有煤、铁、铜、银等主要矿藏，莫非这里就有资源？

大雨下得云里雾里，能见度不足十米，我以为这里只有一望无际的草原，没想到还有农田，甚至工矿。真实的远远大于我们看到的，甚至想到的，一个人倾其所有，又能看到多大的世界，此刻只有靠想，我们看到的绝非仅仅如此。而我只满足在这美丽的地方，忘却了现实的出乎意料。当然，假设真如我们没有看到的那样，这里没有任何工矿，也说明生态保护工作做到位了。或者，祁连山流域生态修复工作在这里落到了实处，并且已见成效。

三十五

又拐回公路前行，雨下得不依不饶，雨雾中不知去路的对错。无论对错也要前行，不能在大雨中停下来，脚下有路，前行必然走出答案。路边的草地上走来羊群，放羊的女子穿着天蓝色雨衣。我们停车问路，她说我们方向没错，一直往前，就会走上到海晏的大路。她的雨衣帽子下围着粉红色围巾，系到下巴下去的两头没有系住，拉起来包住了脸，代替口罩。她定是冷了，缩着脖子收着腰，穿着及膝的胶皮靴子跟着羊走。羊不是赶路，是在吃草，吃多快走多快，它们的速度比雨慢，它们是雨中的慢镜头。她身后有经幡和房子，经幡猎猎，在雨中依然艳丽。站队的电线杆穿过一座座房子，房顶上有高大的烟囱。大部分房顶有脊，隆起的脊顶上铺着红瓦。即使下着雨房子的墙壁也很白，大概四五座，在绿色的草原上不失气派。是不是新修的工厂？或者什么管理单位？有的人说是，有的人说不是，但一致看出绝不是

　　　　　　　　　　　　祁连山下有牧场

民房。还有一院彩钢房，院外堆着牛粪和草堆，旁边有牦牛吃草，依然无视雨的存在。这是习惯，也是本能，在雨中生活不能让生活停下。那应该是个牧场，在脊房的边上，新气象与传统共生共存。远处有并排的白墙房子，跟着电线杆淹没在山雨之中。

"雨这么大你还要放羊吗，家里的男人呢？"我们问到。穿天蓝色雨衣的女子说："雨再大羊也得吃草，雨下得，羊饿不得。家里的男人上山去了。"她说的"上山"指去了高山夏牧场，男人去那里放牛，她照顾家并放家里的羊。牧民的生活少不了要在风雨里放牧，他们一边盼望下雨，让草原长出丰茂的牧草，一边又不希望下雨，下雨了要冒着风雨去放牧。只有离不开草原而又坚毅的人，才敢于选择草原生活，因为敢于面对大自然的变化，所以才敢选择在大自然中生存。这也是自然现象，是自然界中坚强勇敢的自然之事。

穿天蓝色雨衣的女子放的羊和山丹马场的羊相似，我们叫洮羊，专家们说这是刚察藏羊，是我国三大原始绵羊品种之一，远近闻名。

我一直在想，羊一天不放会是什么样子，大雨中放一天羊的女人会是什么样子，在雨中的沼泽地走一天，她是怎样练出来的。牛羊无所谓风雨，照样在风雨中吃得安详。放羊的人畏惧风雨吗，尤其是女人，她们怎样在风雨中度过孤独的一天，长时间在冷风冷雨中会不会生病，她一天里和谁说话。有人说，羊一天不放会饿疯的，又叫又跳，让人受不了。那么在冷风冷雨中一天都在放羊的女人受得了吗，她们有没有疯过？

三十六

一直走到刚察县城，才找到去海晏的大路，绕了一个大圆。是圆又不是圆，去海晏的起点离圆的终点又是好几公里。但依旧回到了同样的憧憬，导航直接定到海晏县，听说要经过哈尔盖，不由得心向往之。

上了 315 国道，雨继续下着，车内无人发声，静静看着窗外，像是什么勾起了往事。突然有人朗诵起来："有一种神秘你无法驾驭，你只能充当旁观者的角色，听凭那神秘的力量，从遥远的地方发出信号……"

这是诗人西川写的《在哈尔盖仰望星空》，队伍里有诗人、作家、音乐家。一首诗让我们记住一个地方，一个地方记住了一首诗，用一种神秘的力量，射出光芒，穿透我们的心灵，从遥远的地方发出信号。

几个人跟着朗诵起来。

保护和修复祁连山生态，需要小心翼翼，屏住呼吸，不碰伤稀薄的鸟翼，不亵渎永恒的星空。

哈尔盖镇成为一个热闹的镇子，大小车辆错峰云集，工商业火热，过往客流促进了镇子经济。从诗意回到现实，我们在舌尖面片馆吃午饭，饭馆里各种人物进出。有的一身西装，提着公文包上了二楼。有的戴着安全帽，穿着工装服坐在大厅。我们是过客，混杂在其中，喝着免费的茶水在等饭。

要加95号汽油，一般的镇子上没有，哈尔盖镇上好几个加油站都有。饭馆老板指给我们其中一个，一路走出镇子，我们看到了三家加油站。宽阔的马路，砖红色统一的矮楼，密集而松弛不一的电线，以大车为主，或停或走的车流。哈尔盖是个交会点，青藏铁路、哈热支线、315国道、204省道的交通运输贯穿全境。

这是白天看不出神秘的地方，尤其路过更是旁观。但多少还是有些心脏收紧，电线和车辆是工业科技的产物，一个镇上出现过多，说明这个镇有资源供应。是的，热水煤矿离得不远，哈尔盖镇还有企业，我想，它的出名不仅仅是因为那首诗吧？有星空便足够了，我愿意默默祈祷，时刻倾听来自哈尔盖那遥远的地方发出的信号。

离开哈尔盖直奔西海镇，路边草原空阔，农田丰茂。山边浓云密布，路上雨势正紧，过往车辆溅起水渍与泥巴。植物在极力疯长，要努力长过牛羊的嘴唇，长出高度，长出足够奉献和保留的尺寸。否则，冬天牛羊回来，又让自己回到了根部。

三十七

提到西海，便会想起《西海情歌》。前些年和朋友去歌厅唱歌，我们把这首歌唱得深沉而忧伤。

一对恋人去可可西里做生态志愿工作，就在准备结婚的时候，男的意外牺牲在了"生命禁区"。刀郎来西海听了他们的故事，内心感动，为他们创作了这首歌。被很多人喜欢，一起传唱，怀念牺牲的生态志愿者，并向所有生态工作者致敬。当然不只这些，还唱着一种悲凉和让人惋惜的爱情。人们普遍认为，进入"生命禁区"是神圣而伟大的开辟，是为人类开创新的领域，从而人的脚步能够抵达。那么，保留那里的完整与不可知便成了空谈，大地上的原始性又少了一部分。让它保持原始状态，难道不是尊重和保护自然？

火了一首歌，也唱红了一个地方，我不知道这是不是生态效应。但《西海情歌》确实唱红了西海，在旅游大开发的时下，唱红就能带来效益。《西海情歌》唱出了西海，满语在唱，粤语也在唱；英语在唱，柬语也在唱，唱到了全世界。而西海的资源却只有那些。鼓励旅游算不算鼓励消耗，湖泊和草原的宁静被打破，它们会不会烦？会不会发脾气？人们拥向西海，潜移默化改变诸多生态，能不能算作兜售或是资源消费？带来了旅游收入，却消耗了自然资源，这样的消耗西海还能维持多久？

我转向了，本向东南走，我却感觉向东北。什么时候转向的？我一直走在同一条路上，向着同一个方向，我是怎么把方向感走转的？而且通直的大路不走，跟着寻找青春的人走上一段折回的路，走着走着我睡着了。梦到金光灿灿的草原一片祥和，孩子们在彩虹下跳皮筋，他们在纯真地长大，而草原风暴悄悄袭来。

从梦中醒来，大雨中站着寻找青春打伞的人，忧伤地看着走过的路，仿佛借一场大雨祭奠着什么。所有人看着他，他看着金露梅，他是在唤醒记忆再度渡口吗？他说这里有普氏原羚，路边有标牌，他想看看。这么多车像不像草原风暴？会不会惊动彩虹下的祥和？赶路的人必放下太多奢望，在路上留下的遗憾或许会是另一种补偿，比如退让路上的宁静。这段路给寻找青春的人留下新的未知。我们的撤离也给路留下了新的未知。这何尝不是界限，而这种界限保持了人与自然的距离，这种距离必定存在相互尊重。

所有的重走都带有祭奠性，或许会伤感，或许会欣慰，但走过便意味着告别过去。车外刮着大风下着冷雨，穿着单衣站在曾经的路上道别的人，让风雨透遍身体也透遍心田，一种新的东西正在发芽，人本身是肥沃的土地。

　　横穿青藏铁路高架下的过道，我们向另一片草原深处驶去。路边的草原荒凉干旱，沙地上绿草稀疏，土质沙化。植被盖不住地面，不像青海湖附近的草原，形同河西走廊的荒滩。这里曾是蓝水汪洋的青海湖，后来湖水退化，成了沼泽，绿草如茵。再后来开垦农田和放牧，破坏了土质，整体生态涵养链断层，逐渐沙化。

　　路南边看得出已经退耕退牧，没有田地，也看不出冬牧留下的草茬。新的绿草在黄草间生长，稀稀拉拉的耐旱抗沙植物完整地枯黄，又长出新绿。有的地方圈了起来，更多的地方不必圈禁。沙化严重的地方没有那么多植物去圈禁，放开反而更像自然，更像荒老的边缘在起步修复美丽的羽毛。这里正在修复，我们期盼水来，期盼种子，期盼沙化的土壤回到草原状态。

　　硬化的水泥路面显得发白，像是天上落了尘土，或者曾漫过山洪，水中泥土留在路面。路上车辆极少，路显得通远而荒凉，本就不宽的路，像一条抛物线，消失在了拐弯处。

　　路北的不远处有房舍、树木、人声、现代机械与彩钢房。看不出什么所在，但看得出这里有人修复生态的迹象。路左边的松树林用木棍支撑着，树上统一有黄色记号。这里一半荒旱，一半绿荫，荒旱是什么催生退化的？绿荫是人工修复种植的。

雨停了，天阴得深沉，宽阔的平原接纳探访的人，我们走出了雨，或许这片区域没有下雨。继续向前，进入荒野深处，生态慢慢好了起来。脸盆大的草疙瘩鼓得满地滚落。我以为鼠害堆起的土堆上长出了草，大惊小怪地叫喊，纵使鼠害那么严重，绿草依然长得要死要活，这是多么神奇的力量。走近才看清楚，是一地草疙瘩，没有任何鼠害痕迹。奇特的地表结构，像是水浪推波，力在底部，把水底的土层推出了水波的影子。可见当时的水，不深也不浅，浅则推力不够，深则水底波动不大。于是断定这曾是湖底，湖水退去的时间应该不长，没有农耕，没有放牧，植被形态良好，但是泛出了棕黄色的盐碱。

相比之初，青海湖水位下降，水域缩小，客观因素和人为因素共同存在。因此进入生态保护和修复年代，兼之建设，共同转变的还有人们思想上的生态意识，形成前所未有的、人与自然和谐向好的社会形态。

青海湖，古代被称为西海，北魏时更名为青海湖，青海省因此湖而得名。

青海湖是中国内陆最大的咸水湖，同道人讲，我们国家有东海、南海、北海，为什么没有西海，其实有，青海湖就是西海。

青海湖可谓真正的大湖，可如今也在慢慢缩小，影响到了全球自然生态体系。国际生态组织观测到这一变化，结合青海省生态资源管理部门参与式管理，展开了青海湖生态环境保护与修复，以及检测监管。我们在路边看到约 1.5 平方米的大理石碑，碑上写着，联合国开发计划署（UNDP）——全球环境基金（GEF）加强青海湖—祁连山景观区保护地体系项目。

我第一次见到联合国关于祁连山生态的石碑，走近细看，见碑上有三条项目简介：

一、项目旨在巩固祁连山—青海湖保护地系统，以保护全球重要的生物多样性，项目计划在政策法规主流化倡导，保护地参与式管理，经验和知识分享及社会性别和包容性等层面，提升各级管理机构及项目点的能力和加强当地社区在自然资源管理方面的参与度，推动实现自然保护和社会经济发展共赢，通过对雪豹和普氏原羚等旗舰物种保护，积极探索具有全球意义珍稀濒危野生动物栖息地保护模式。

二、实施期限：2019 年 1 月—2024 年 1 月。

三、资金来源：全球环境基金赠款，青海省财
政配套资金。

我总会留意这些内容，并拍照记录下来，不是唯命是
从，恰恰相反，我想了解和寻找有关祁连山的生态信息。我
认为，有这些内容的地方，一定有过问题或正在发生问题，
否则，无缘无故不会出现这些碑牌。刚察大寺那儿的绿色牌
子也是如此，我们没有看到任何迹象，牌子告诉我们那儿
是饮用水水源二级保护区，曾受到或面临受到污染。我们没
有看到化工厂矿，却从牌子上看到了排污口、污水排水量、
禁止利用未经净化的污水灌溉农田等字眼。当然，也是大雨
的缘故，降低了能见度，看不到雨里的真实情况。

而在这里，自穿过青藏铁路高架以后，第一眼看到的便
是退化的自然生态，沙化的土地，人工修复的场景。那些轻
易看不到的，比如雪豹和普氏原羚，不是考察所能看到的，
只能从已有信息去了解。许多人只知祁连山里有羚羊，不知
什么是普氏原羚，更不知它们是不是同一物种，曾经历了
什么，受到保护的情况如何。对雪豹的了解也来自新闻和网
络，而这些又由研究自然生态的人传递出来。碑牌信息也由
他们提供，可遇不可求，队友们纷纷拍照以做参考。

后来，我想进一步了解普氏原羚的详细情况，查阅资料
得知，普氏原羚从地球上只剩下 300 只增加到现在的 2800

只左右，经历了一个多世纪的时间。这是多么漫长而又艰难的过程，一个世纪，仔细算算，一年平均存活不了三只，那些偷猎者造下的罪过该有多大。雪豹也是，从近些年保护和研究发现，祁连山雪豹的分布密度很可能已不止发现的数量。而且从雪豹优雅从容的姿态看，它们的生存环境尚可，有足够的食物，因此，与世无争，不惊慌不焦虑。证明了祁连山生态的日渐变好，生态系统的自然完善。从保护经验分析，保护雪豹要从保护整体资源去考虑，促进全社会认识和享受雪山之王的魅力，从而得到全民保护。这便是成立国家公园的意义，达成全民共识，一起保护自然生态体系。

我们的宗旨是自然行走，万不得已不跟着公共路线考察，尽可能到原生态的地方去，走到哪里看到哪里，才更符合我们的意愿。只要是自己的脚在走，自己的眼睛在发现，自己的大脑在思考，自己的身心在体悟，考察才会实至名归。尤其进入草原以后，今天看到的不一定就和文字记载的昨天相同。事实证明，亲自走过的路上才有风景，总有意想不到的收获，让你惊诧得不敢相信。

我们走在海晏县甘子河乡的一条乡道上，并不知道通向哪里，只是被荒凉和辽阔所吸引，也许深处有更原始的东西。几十公里以后，路向左拐，一边出现海底式波浪纹草地，一边出现水渠和农田。水渠上长着一人高的芨芨草，在阴郁的天空下被风吹着，吹出了风吹草低的荒凉景象。而不见羊，渠那边是农田，向远望去，一路是人家，这里应该是农区。

我们已经到了海晏县境内，既然到了甘子河乡，那么一定就在甘子河附近，不妨找找，据说甘子河河水汹涌，河边风景迷人。先顺着路走，看看能走到哪里。这时看到了远处的两座沙丘，学者肯定那是青海湖的方向，再往前走，或许会看到青海湖。我暗暗兴奋起来，梦寐已久的青海湖就要到了，这是第一次走近它，我想象了它无数的样子，真正的它究竟是什么样的呢？老师们说，根据沙丘可以推测青海湖湖水的程度，如果沙丘高了，说明青海湖的水减少了，湖底的沙子析出了湖水。相反，如果青海湖水没有缩退，沙子就在水底，风吹不起沙丘的。

我们看到了甘子河。河域宽阔，河水一半，缓缓流淌。泥沙一半，寸草不生。河床岸边是绿色的草原，通到远方，把牛羊送到了夏牧场。天边云卷云舒，正在狂风大作。风刮得噼噼啪啪，远空苍远，天边乌云狂卷狂舒，像是在酝酿大雨，一旋涡，一旋涡，却酝酿出凡·高的星空。星空舒卷着无限空间，似有未来，希望，黑暗和光。对应自由随意的我，吸引我产生幻觉，一个孤独可怜的人站在甘子河边，内心风暴狂卷狂舒。风暴里有星空、爱、希望、生命的无限力量。古老的河流正在流过，在天边也在心里。耳边响起辽远的牧歌，我赶着我的羊群，放牧我的生活。可我有远大的理想，做平凡的牧羊人，唱平凡之上的牧歌。这里既是甘子河畔，又是凡·高的小镇。向日葵金黄的原野，麦田上云雀飞过。苍茫的祁连山下，雄鹰在霹雳飞行。我问昌耀和海子，你们在青海的哪里。风云游离，河水回响，在青海的每一寸草原，草原之上，浩渺的星空。我为什么会幻想，为什么来到青海草原。青海湖就在沙丘那边，甘子河是否流到湖里。有的地方走过路过，有的地方为什么留住了幻觉。如果幻觉也会让人泪流满面，那么幻觉就是一首歌，歌名叫甘子河畔，有人在记忆里反复歌唱。

看样子汛期洪流凶猛，浩浩汤汤自东而来，冲击对岸，然后被河岸挡向右拐。失控、凶悍、摧枯拉朽，被挡拐之前，产生巨大的冲力，河岸失守，向身后的树林退去。水泥乡道在此变为土路，紧贴着树林，或者砍去了一部分树木通开了土路。但怕洪流冲坏土路，人们对河岸做了防固，吨级以上的白色沙包码了很长，也码了很高。但仍然在摧毁着，一路向下，人工做了各种防护，或水泥砌岸，或沙包堆墙，河岸仍有冲毁的地方。这是一条不断摧毁又不断修复的河流，看上去河水文文静静，不知在何时发飙，何时毁坏。总有平静温良的时候，正是我们到来之际，对面的河床斜面提升，让出了半面河，河底泥沙渐远渐干。明显河水少了一半，是汛期歇了？还是相比以前河水少了？二者会不会都存在呢？而就在这样的河里，再向左拐竟然是水鸟栖息的家园。我们看到浅水和浅滩里赤麻鸭悠闲觅食，鸭妈妈走出一串大大的脚印，鸭宝宝走出一串小小的脚印。它们各走各的，自由寻觅，似乎又互相关照，不离不弃。细长腿的小家伙灵动轻捷，风车一样跑来跑去，当它低下头去，总能吃到什么东西。似乎吃得很多，只要低头就能吃到。它却还要风车一样爱跑，仿佛跑比吃食更为开心。赤身白头、黑足黑尾的麻鸭妈妈就显得笨重，一步一步迈开脚步，似是身子肥重，走起来有点费事。又像悠闲自得，在惬意的家园漫步。也还有飞走的，岸边就飞起了一只，带起一片飞起。这里是甘子河的又一个拐弯，弯域很宽，冲力渐渐减弱处，便形成了浅水滩，主流顺直而下，给鸟儿们让出一个家园。远处的水滩上，一群又一群黑白色的鸟儿，与赤麻鸭不像，是另一种鸟，也可能是赤麻鸭的幼鸟。这是一个适宜水鸟栖息与繁殖的地方，沿着河水而居，却又不受河水冲击，怎么就被鸟儿发现了呢。

河岸是湿的，雨一直在下。禾本科植被浓密而茂盛，看不出放牧的痕迹，草足足长了四五寸高，盖住了地面，俨然绿色的地毯上，长出了立体的草穗。远处有经幡，赤橙黄绿蓝与白，我一时找不出缺下了哪一种颜色才够七彩，可能是天空，可能是大地，也可能是天与地，神灵与苍生。

对面河岸没做防护，河水擦河岸草地根部经过，沙石被

　　　　　　　　　　　　祁连山下有牧场

冲刷出来，一点一点溶入水中，草皮便脚下失控，一块一块掉落下来。河岸正在后退，沙质土壤使它难以坚守阵地，在与河水做生死较量。为了保护河岸可以人工护堤，如果水量保持不减，或是增加的话……

我们讨论，自然的河流，让自然去绿化或沙化，也不失为尊重自然，退化也是自然现象，没有退化就没有新生。如果甘子河暴涨，河湾里怎会有水鸟栖息？不是只有绿地才是优良的生态，还要有绿地上的生物体系。

又接上水泥乡道，继续前走，两边草原越来越好，有点奇怪，难道这里是夏季牧场？还是禁牧区呢？又看到穿雨衣的女子放牧，天蓝色雨衣变成了粉红色，绿色草地上移动着年轻的颜色。从昨天到今天，所遇放羊的都是女子，她们穿着雨衣，围着头巾，赶着羊群在雨里的沼地放牧。或许是姑娘，也或许是媳妇，她们从年轻放牧到年长，从粉红的温柔放牧到天蓝的强悍，她们放牧着这里的生活。草原上的女人啊，在草原上放牧青春和温柔，你的阿哥哪里去了？经幡在左，护佑你走过风，走过雨，走过孤独与辛苦。

两辆车宽的水泥乡道时有坑洼，或是鼓起的裂口，一辆车经过也不平坦，可惜我们的车子了，难免要轧着尖利的水泥裂口。裂口明显是冬天冻得鼓起来的，坑洼则是裂口被车辆轧平的碎石坑。这里的冬天有多冷，河边地基潮湿，每年冬天都要冻鼓，硬化路如此下去，几年后便彻底瓦解。没有路又不行，路下面是沼地，无论下雪还是下雨都难以行走。即使这样的路也很快到了尽头，下面是落差五十厘米左右的沼地，车辆无法下去。我们站在水泥路的尽头看草原，天苍苍野茫茫，几百米外却有几间彩钢房。房前有晾晒的衣服，墙上挂着铜质的牌子，看不清什么内容。老师们推测那是自然资源监测站，应该有常驻工作人员，他们是怎样走过去的？两种可能：一种是另有小路，另一种是车辆送到水泥路尽头，人步行走过去的。水泥乡道到此为止，河流向远处流去，给这片草原和祁连山生态保留了神秘，启发着人类的思维形式，如何建立生存的认知意识。

我们无法靠近，这是一条来过一次，不想让你来第二次的路，它想为地球多留些神秘，不需要人类去探索考察。保护和研究自然生态无处不在，自然资源监测站网格分布，这是时代的特征，也是祁连山生态工作的需要。若非如此，原生态的地方留给原生态再好不过，给自然留一些空间，相当于给自然保留了自我功能的完整性。但若不做研究，又无法开展保护生态的工作，也接收不到自然发给我们的信号，与之有隔断式联系，对于远程环境影响也会产生盲区。这便是人与自然的矛盾关系，不可能没有，也不能没有。保护自然是人类的义务和责任，但作为寄生自然的人类，在自然气候一直变幻的情况下，不研究自然，势必会面临生存的困境和危险，甚至绝路。因此，以善为本，敬畏和保护自然，与之和谐共处，才是人类遵循的原则。自然是一山一河，一草一木，人也是自然的一部分。山河草木养育人，人爱山河敬草木。人对自然最大的伤害是过度，过度放牧，过度采伐，过度污染，过度喧闹，在满足小我的同时毁坏了大自然，加速了自然的退化速度。

荒野不需要文明，它本身的文明无以比拟。

三十八

从青藏铁路高架桥下返回 315 国道，向右拐去西海镇，路上车辆穿梭而过。雨一会儿停，一会儿下，像在衡量七月的水量。

西海镇游客云集，各种旅游车辆来来往往。我们寻找住宿的地方，以前作为研究基地留下的房屋，在州政府从门源搬过来之后，无论民居还是民宿都住满了。大小宾馆更是吃香，找了几家客满之后，我们决定到 12 公里以外的海晏县投宿。

慕名而来的游客络绎不绝，他们追求爱情的传奇，到了青海不错过西海。一个个旅游团涌来，民宿大院里像办喜事一样热闹。还有各方贤达，让整个镇子拥挤起来，所有民俗供不应求，一个镇子也嫌小了。一首歌能让一个镇子火爆起来，不仅是镇子的魅力所在，还有歌中的故事感人，故事的主人公值得敬仰。

祁连山下有牧场

离开西海镇直奔海晏县城，到处基建，道路泥泞狭窄。绕城一周，最终在以前的县政府接待中心——阿客敦巴酒店入住。酒店古色古香，藏文化打造装饰，照我看来，该想到的都想到了，打造者无微不至，入住者在享受一种看不见的温馨与关怀。榻榻米的床睡着舒服，衣帽架角挂着防潮的吸湿剂沙袋。花盆里也是，保湿防虫的圆形球粒似羊粪蛋蛋，一种高级待遇感无处不在。

终于到青海湖了，连续感慨三声，有一种把自己交付青海湖的庄严。青海湖超出我见过的所有湖，不只是大，还有蓝，青蓝的蓝，蓝到深不可测。像是我的结婚包袱，娘家一个，婆家一个，都包的是贴身的衣服。我不懂蓝包袱有何讲究，但我知道蓝布包着的陪方碗里装着米面。就是那个蓝，青蓝的青海湖，像一块斜挂在祁连山南坡的蓝包袱，佑纳着初始到海枯石烂的万灵万物。

沿着湖走，不由得心情沉重。我无法打开心扉，一湖莫测，我们之间隔着围栏，隔着付费方可进入的限制。我不愿意伙同其中，相望而走，4456平方公里足够忍耐，或者交付，我们都是真实的自己，若湖有意，便会在阴天显现海心山，让我成为幸运的宠儿。若无显现，走一程是一程，无悔来过，不悔作别。

右边是湖，左边油菜花金黄四溢。不长一段路，一会儿下雨，一会儿阴沉，一会儿又出现两道彩虹。湖上天色不断变幻，湖水清澈到了浓雾笼罩的隐隐山边，斜挂成约45度的青蓝绸缎，正面呈现给我们，左右伸展得看不到尽头。我看到的海心山也是青蓝，似青海湖掀起的一个高潮，浓缩成质感的青云，把高潮聚焦成了一座孤山。都说叫海心山，也叫作海心山岛，俗称湖心岛。无论海心山还是湖心岛，意向都很清晰，不由得让人望文生义，看着实物升起诗意来，前序飘出徐徐禅音。青草、石头、牛羊、菩萨，拍打孤岛的海水，离我们既远又近，被一片青蓝浩瀚连接，背景墙是巍巍祁连。

我总是异想天开，思想却生不出飞翔的翅膀。随性吧，就如青海湖自然生出海心山，我们到来时在阴天也能自然显现，这便够了。天有好生之德，湖有灵性之意，任由未来跑马赤足，关山路上孤山不孤。

湖水边有简易的木桩围栏，一上岸就是绿色草地，草地上有牛马粪，却不见牛马。倒是在一路上看到了带马鞍的骑马，被拴在一边静静站着。长毛如帘的白色牦牛，角上戴着女孩儿戴的彩色发圈，角尖挂着各种彩球，脖子上戴着彩球"项链"，看起来滑稽到让人心疼。鼻子上都戴了铁环，铁环上拴着缰绳。制服一头牛一环足矣，笼头早已抛弃了它们，那是粗糙的拉牛法，在景区需要精致一点。匪夷所思的是牦牛的眼睛，那么大一头牛，眼睛却很小，睁大了也毛茸茸的，看不出炯炯有神。牦牛的眼睛为什么小，在聚焦什么，或者在鄙视什么？

湖上有船，两艘三层，其余两层。都是汽艇，听说是游艇，因疫情原因暂且搁浅。

一个藏族孩子拿着纸板写的牌子向我们走来，隔着经幡拦着的界线问道："进吗，一个人一小时五块钱，可以到水边玩。"他的牌子上写着，一小时五元。孩子怯怯地看着我们，他的眼里有清澈的湖水在暗动，疑惑、期待、勇敢、干脆，带着青海湖潮湿的气味，随祁连山下来的风，向我们吹来。我遇见了童年的我，我眼里的潮湿在青海湖边等着我，无论复杂还是简单，我都能懂。我还隐藏了一种渴望，就是与小伙伴们一起，背着书包去上学，在上学的路上打着玩闹。而现在，为了祁连山自然生态我给自己画了红线，我们不能进去，我尊重每一片圣地的宁静，不能与热闹同流合污。我们对孩子笑笑，不进了，看一眼就走。孩子转头回去，有人却追问了一句："你几岁了？"孩子转过头来："九岁。"像学生回答老师，铿锵而又自信。

中午时分来到一个镇上，也在下雨，镇口的车辆有走的有来的，大型车辆频频经过，镇子的热闹从镇口开始。我们决定在这里停车吃饭，路牌是蓝地白字，上写：石乃亥。与许多县城和镇子一样，统一的门面，统一的店铺招牌，让人感觉一座城只有一个格调。城和镇子的若干风格被同化，找一家店先抬头找牌子，看不出商业繁杂，门面文化百家争鸣，百花齐放。谁还会研究设计自家的门面，让人感觉谁家的生意都一样，要么萧条，要么兴隆，没有竞争也没有特点。事实上距离青海湖不远、315国道边的石乃亥镇人流不多，基本是本地各族人民在走动。

既然到了石乃亥镇，何不去伏俟城遗址看看。伏俟城是吐谷浑在青海建立的都城，不知道他们为什么要在那里建立都城。作为祁连山生态文化不可缺少的一部分，如今又留下了什么。

从石乃亥镇北拐，上了铁卜加公路，前走几公里处便是伏俟城遗址。同行者一路讲，伏俟，鲜卑语，意为王者之城……

而今什么也没有了，只有后人立下的石碑，上写：伏俟古城，全国重点文物保护单位。碑后有高大土塄，塄上长满草，半尺多高，比塄下的草地茂盛。古城被高档围栏围了起来，一人多高，栏顶有"V"形栏片倒置，尖锐部分向上，无法翻越。

古城附近草原鼢鼠泛滥，到处是土堆，圆润地从地上隆起，无任何凸凹洼陷痕迹。鼢鼠在其下，挖了坑穴，为冒失鬼设下陷阱。有老师说，捋掉马蹄子呢。这是他们老家的陷阱论，马蹄子都能捋掉，更何况人呢。紧靠古城遗址的草地植被稠密，牧草一寸多高。只有狼毒花高出了几倍，因自身带毒，从牲畜的嘴边保留了长势，长到如期开花，高于青草，花枝飘摇。这里的植物有厥麻、蒲公英、马樱子、针茅、冰草、狼毒花，还有许多叫不上名，但都见过，与祁连山北麓的生态是一体的。

古城旁边的公路以北，狼毒花丰茂的草丛中，一只羊在吃草，皮毛不整，身后拉着脱落的羊毛。羊在草中，狼毒花淹没半身，风吹过来，花低羊现。也见稀疏纤弱的禾本科牧草极力赛跑。个别高出了头，不失时机挤出两三粒草籽，空瘪得令人心灰意冷。这些失去阵地的禾本科草依靠根部维系，地上部分来不及长高就被吃掉。草没有疯狂生长的时间和缝隙，羊群太密集没有给草起身的机会。草无法长大，草的腰身被羊吃断。草只能把自己长到幼年，草没有成熟的机会。草的元气恢复不了，草长得不像草的样子，草在一天天退化。

正要离开古城，前方驶来一辆车，青海湖怎么走，沿途有没有住宿的地方？车辆停下问路，他们说从辽宁来，车牌号确实是辽宁的。他们操着辽宁口音，致谢与我们告别时，随口说道："前面的路不好走，坑坑洼洼，什么都没有。"一个人随手一指："这里有伏俟城遗址。"那几个人大眼张嘴，下车去看伏俟城遗址。

沿着辽宁人认为什么都没有的公路前行，两边草原碧绿，远山白雾笼罩，湿漉漉的空气有点凉，却十分通透。我们不时惊叹，这么美的地方，风景如画。

路与公路分岔，径直走进了山里，看到泥泞水洼遍布，带队者不让走了。他要带领我们折返，回到柏油路，然后西下。掉转车头还没起步，一辆皮卡车迎面而来，我们问路，车上的藏族司机为我们指了方向和走法。车里的女人和孩子看着我们，神情木讷。司机说："山里是牧人放牧的地方，你们进去只有牛羊。你们应该去看湖，去人多的地方，那里人人都爱去看。"我们笑笑，不进山了，尊重你的观点。然后致礼作别，上了我们要走的道路。

上了公路向西走，方知此路通向天峻，提到天峻，有人想去看木里煤矿。听他去的理由，我也想去。我只听过木里煤矿事件，没有了解过详细情况，更不知道木里是天峻的一个乡镇，影响过天峻的经济发展。如此一来，探访祁连山南麓生态，怎能错过木里煤矿。路带领了我们，地名在提醒，无意中来到天峻，走出了又一次迷途，有了新的方向。说明木里是该去的地方，那里的生态破坏与修复建设是祁连山大事，不惜一切代价也要去一趟木里。

去天峻的公路叫石乃亥铁布勒公路，公路两边是无尽的草原，与我们到过的草原相似，远看植被茂密，深不见树。走近发现是狼毒花的天下，又稠又旺，高过了优质牧草，正在开花。这里是冬牧场，牛羊吃过的草还没有长高，断定这些草长不过一尺，牛羊就从夏牧场回来了。草不是长不高，是没有足够的时间生长。牛羊五六月离开，十月份又从夏牧场回来，在海拔 3000 多米的地方，一季又能长多少呢。所谓天苍苍野茫茫的景象，又怎能看得到呢？据说这首经久流传的塞上之歌起源于内蒙古，我们却在如今的山丹马场也能看到。那么，在青海呢？让我们有缘相遇吧。

这里草原无垠，只有狼毒花长出了高度与风情。那些优质的牧草，已被牛羊耗尽，立秋以后，它们必定回来。似有一种幻觉，牛羊在说，草，你要长出高度与品质，哪怕变黄枯立，我们也要回来，让你变成行走的语言。

如果不是走下车来，你不会想到，绿色草原上狼毒花在独领风骚，其他草类定在地上，才完成一季的使命缓过气来。尚在用力复原，但是显然底气不足，拼命跟狼毒花赛跑，却比狼毒花起跑得吃力。我同情它们，纷纷拜倒在狼毒花脚下，衬托出狼毒花不被青睐，反而茁壮成长，长出了自由的高度。狼毒花被畜牧视为毒草迷惑了远处的眼睛，使其脚下的针茅、早熟禾、黄芪、苜蓿、厥麻、冰草等诸多伙伴低矮着身子，因被遮盖，不能向远方摇曳和招展。这对于自然生态应该算是缺陷，狼毒花是自然之本，它的茂盛有助于涵养草原，只是草原丰富性失衡，优势减弱，久而久之导致退化。

我们在一个牧场看到拥挤的羊群，一只挨着一只，在有限的空间似是静止，又是在挪动。羊儿低着头，嘴唇像紧迫的机器，快过了绿草生长的速度。这是我看到最密集的载蓄场景，至少在祁连山北麓没有见过。我以为这不是牧场，是露天羊圈，羊圈太小羊太多了，羊便挤成了那样，让人感觉喘不过气来。同行者却说，这是减牧后的密度了，我前几年来青海，牛羊的密度比这稠。不仅有羊，还有牦牛，青海这里自然生态很好，也就把那么多牛羊给养活了。久而久之，草最终承受不了，不仅禁不起吃，还禁不起牛羊的蹄子踩踏，草便退化了，大片大片地死去，光秃秃的地方越来越多。不少人提出减少载畜量，恢复草原植被，同时出台了一系列政策，载畜量才少下来。可是，过了不久又慢慢多起来，偷偷增加。为此也发生过不少纠纷，牧民情绪很大，他们祖祖辈辈就是靠放牧生活的，现在生活压力大，不多养牲口生活不下去。尽管国家每年都给草原补贴，可人心已经商业化了，对生活的追求不能只停留在满足温饱的层面。不仅要发家，还要致富，不仅在牧区修房子，还要在城里买楼房。这不是个人的问题，而是一种推力，集体在前行，充满了竞争。有需求就有生产，既然养多少都能卖掉，于是就多多养。草原成了市场的生产机器，市场却是一只永远吃不饱的饕餮。

狼毒花因自身带毒，反成了幸运草。不带毒的草被牛羊吃掉，为狼毒花打下江山，狼毒花成了草原迷幻的面纱。

一路观察，毒杂草防治在祁连山南麓有所保留，尤其狼毒花泛滥的草原屡见不鲜。看地形地貌，很难确定是天气干旱原因所致。向南是山，山上碧绿，虽看不清那是什么植物，但足以判断附近的气候也还不错。北边不远处有大河，宽阔的两岸绿地茵茵，尽管草情算不上很好，草原的基本性依然存在。

那么就是过度放牧？

有资料显示，狼毒花泛滥，其实是草场退化的标志。狼毒花越多，牧草就越少，如果连片出现狼毒花，这块草原将无法放牧，形同废弃。狼毒花出现过多的主要原因有两方面：一是由于气候原因，比如干旱，让顽强的狼毒花能够大量繁殖，而牧草则因缺水生长困难；二是过度放牧，草原植被遭到破坏，狼毒花便乘虚而入。

事实证明，狼毒花脚下有品种繁多的草本，它们在极力竞跑，但由于喂养畜牧，时间和元气远远落在狼毒花后面。当狼毒花遮天蔽日，遮盖了阳光的照射，并抢占土壤中的养分，其他草本便成了弱者，在陪衬中逐渐退化，养牧与生态丰富性均遭到破坏。

在祁连山无数矿区关闭叫停的情况下，过度放牧成了破坏自然生态最大的问题，甚至出现恶性循环，退化、补救、干扰、破坏。最好的治愈是安宁与清净，你的退出就是成全。一切人为手段都不符合自然本愿，自然就是最科学的保护与修复者。

到了6公里处，我们停下看布哈河，只见河水暴涨，浑黄如黄河，平阔不羁，与宽阔的地域较量领土。对岸有各种高低架电网，架下是厂房和高楼。像是电厂，却有一个太阳能光板夹杂其中。在祁连山流域，无论哪里发了大水，定是山里下大雨了。我再一次赞美青海，地域辽阔，水源丰茂，老天眷顾呢。

当然，生在山中，生在祁连这样的山中得天独厚。相比一山之隔的河西走廊，像布哈河这样屈指可数的几条河流，大多发源于祁连山，且流经青海。

三十九

  天黑之前到达天峻，也许是晚饭时间，人们进了室内，大街上空空荡荡。稀少的人流里有时尚的穿戴，雨天泥泞中的天峻在黄昏里看不出漂亮。绿化没有特别之处，但感到了用心，主街建设豪华大气。我们绕城三圈，边看边找住的地方。这是每到一个城市的惯例，慢速看个究竟，大致了解城里情况。时有豪车穿城而过，偶见高端娱乐和藏药沐浴中心。这是一座神秘的城，夜晚的空洞和冷峻令人生怯。坑洼的路面总让人防不胜防，像巨大的轧力留下的沉思，这些路曾走过沉重的运输，连续的碾轧便轧出了坑。总感觉天气灰塌塌的，到处的缝隙里布满了煤灰，<u>丝丝缕缕被风吹出</u>，或是一点一点被雨水洇湿，把整座城给污染了。

  没有找到吃饭的地方，确切说没有找到理想的吃饭地方。有人不想吃了，有人抱着方便面回房间。

  在电梯里碰到宾馆老板，山西人，矮瘦的个头儿，眼睛里透着精明与友善，白衬衣配藏蓝色西服。老板主动为我们按电梯门的开关，到了八楼，我们下来，他微笑示意，关门上了九楼。有人说，这些大楼是山西过来的煤老板修的，当然也有其他地方过来的。里面什么都有，吃喝玩乐一体化，想怎么玩就怎么玩。这里也是他们谈生意的好地方，相当于俱乐部。由于木里煤矿关闭，生意停止人也走了，只剩下这些有固定资产的老板，想方设法维持生计。又加上近几年疫情原因，旅游团队也极少了，老板着急，见有投宿的，眼里露着感激之情。

吃过方便面我们商议明天行程，八点半起身去木里，一百四十多公里路，两个小时便到了。

四十

从天木公路西下，走 145 公里便是木里。经过布哈河大桥时，看到河流被黑刺分成两条支流。河域很宽，两支分流加起来大概 200 米。我的心潮澎湃起来，耳畔慢慢唱起民歌：

青海的河真宽呀

青海的水真多

布哈河长啊

赛过黄河

再长的河，也不经过山丹

——我的家乡

再多的水也到不了那里

河西走廊

那里有干渴的庄稼，荒旱的草原

那里有延绵的土地等待水流

瘦弱的母亲河嘴唇干裂

黄河和布哈河拐个弯吧

去那里歇歇脚，也带走山丹河

　　过了桥，顺着便道下桥去看，河谷里有红柳或者黑刺，还有别的叫不上名字的灌木。在哈尔腾草原、山丹马场一场西大河流域，以及青海的许多河流岸畔均见过黑刺。红柳应该是为了固沙栽植的，第一次在青海看到。河岸上还有黄芪，半尺多高，长得十分旺盛。有酸模，第一次在祁连山南麓见到，长在布哈河大桥下面的河床上，叶片肥厚且宽大，比山丹常见的酸模厚实而宽长。河边有针茅半尺多高，看得出没有被牲畜吃过，长这么高，在祁连山南麓草原确实罕见。苦豆子新鲜端庄，招人喜爱，像极了清新完美的小女子。狗娃花低低地开着黄花。紫苏盛开白色的花朵，与山丹马场的紫色紫苏截然两种风格，花茎趴在地上开了花，花头不长，有的花苞还没有打开。一小丛金露梅孤自开着，黄色浓艳，枝干紫红。看到了一棵大黄，叶子贴着地面展开，巴掌大的五六片叶子带出几片吐露的幼叶，花茎粗壮，五六寸长，开了紫花，花头约两寸多长。

　　天木公路一直跟着河走，继续西行几十公里停下，大片的金露梅丛中鼠兔再次出现，比公路上乱跑的肥大得多。见到我们立即钻进洞里，不做任何观望和停留。一定是很少见到人，突然见了庞然大物，吓得躲了起来。草地上到处是鼠穴，超出了专业鼠害指数的正常范围。但我看着一切都很自然，似乎生物之间的关系十分和谐。是的，因为这里没有放牧，禾本科牧草长了20厘米左右。金露梅开出金光。河边也满是紫苏、马兰、蛇床子……

到了阳康乡，两边的二层商铺约一公里长。修建了这么多，却没有几家营业的，几乎全部是铁将军把门。街上一派萧条，没几个人，停着几辆车，车却比人多。人去了哪里？这么多房不匹配啊？更何况这些房子都是营业性建筑，得多少人才能养住这些生意？同行者一片惊呼，木里的煤矿养活了这里，如今煤矿叫停，黑色金子流淌的路突然断流，沿途的所有经济体系崩溃。时隔两三年后，鲜艳的财富之花纷纷枯败，花落水流，这里只剩下了带根的人。他们是这里的原始主人，无论这里辉煌还是伤败，他们都是耕织和疗伤的人。镇子尽头的山峰碧绿，为这个幻梦破灭的镇子留下了剩余的资源。

而到了龙门乡，两边的二层楼全部是金顶，作为普通乡镇，能镀得起金色楼顶，可想而知多么富有。乡镇尽头有平房院门，内有炊烟，人进人出，住着本地藏族居民。所有商铺几乎关停，只有个别电信网络缴费处开着。镇子顶头处，仍然可见碧绿山峰，令人惊喜。

到达海拔 4000 米时，看到了大片大片的绿色遮阴网铺在地上。以为是护沙用的，下车去看，用脚触碰，网即烂了，露出下面绿色植物，原来是种草的。种出的草好几种，已长出一两寸高，看样子应该是去年种的，出苗率极高，庄稼地一样。这里土质良好，植物苗壮生长，看上去完全能够恢复植被。进入木里镇大约 30 公里，一直有绿色遮阴网，而且越走越多，漫山遍野，木里镇的房前屋后都覆盖着，到处都是绿色伤疤。

　　一个偌大的天坑，明显是挖过煤的战场。真正的开膛破肚，把一座山从顶部往下，挖了一个天大的坑，坑外却铺着绿色遮阴网，像是扎了绿色的绷带。周边一切都是黑的，自然赋予了祁连山黑色，隐在这里受伤。黑色掩埋了绿色植被，用同样的黑，作为木里的血液，遍地横流，风吹着哀歌。所有山脉露出黑色肌骨，没有一处是自然流露，被轰炸或挖掘过，不知挖走了多少金子，剜去了祁连山多少肌骨。现在我们看到的是大型手术室，到处在修复，愈合，置换新生。

　　一早从天峻出发，经过关角山，3847 米的海拔，雨雪交加。坡陡弯急，连续下坡 3 公里，过往车辆无不带起路面的积水溅到对面的车上，玻璃被溅得模糊一片。道路狭窄弯多，在雨雪中前行维艰。开车负有安全责任，最保险的就是减速慢行。当地的司机驾轻就熟，总有超过我们，飞雨而去的。而我们只求安全和行路从容，最高车速不超过 70 迈。

　　　　　　　　　　　　　　　　祁连山下有牧场

到了乌兰县境内，一路在做生态修复，大片的种草区域，我想走过去看看，种的什么草，却被泥水滑倒了。雨水泡透了泥土，表层的酥土被泡成泥水，硬邦邦的深层成了滑板。根本走不到最绿的地方，天时地利不欢迎我这个人和，我若硬闯，只能爬着进去，然后爬着出来。我们在边缘查看形单影只的草，一两寸高，一丛一丛挤着生长。仔细辨认，有禾本科的披碱草或老芒麦，也有菊科的沙蒿，或别的长圆或长卵叶形的植物。肉眼可见，种下的草像庄稼一样齐刷刷，丰富的雨水足够让草生长，可见这里气候多好。那么，气候和土地都不错，为什么还要人工种草？大自然从不缺种子，只是时间问题。祁连山生态山水林田湖草的工作提前把草种出来了，齐刷刷的，体现了修复工作的优点，短时间内让荒野变成了绿野。但这像是速效增肥，让土地的自然能力在有限的时间内，鞭长莫及。

又走了一段路，雨停了，俨然像是两个世界，天阴着，地面干燥，没有下过雨的痕迹。看到中国三峡新能源乌兰金峰光伏电站、黄河乌兰光伏电站，大片的光伏电板，占据了眼所能到之处。草原生态开始变得像祁连山北麓，稀疏、单调、缺乏浓密的绿。远山像河西走廊312国道两旁的山脉，嶙峋、连绵的走廊石壁，看不到植物。与河西走廊不同的是，这里的草原种草普遍成功，石缝里也能长出草来。修复生态的人常说，只要有水，石头上也能长出草来。可能就是水的缘故，别看地面干着，可这里的降水量大于易渗速度，下一次雨足够植物浇灌一次。也可能地层不深处就是蓄积层，保存了地下墒情。从地表结构看，这里主要是沙石土质，由于地下积蓄层的凸凹不平，能够生长的植物选择性也很强。地边上多是丛生根系繁殖植物。当年生的植物只是陪衬，被撂在沙土地上摇晃着。尽管如此，这里受青海湖小气候影响，水分充足，雨量丰盈，只要播下种子，便能长出绿草。

青海的种草项目纠正了我认为草原种草是多余的偏见，这里的条件证明了其必要性。正因如此，河西走廊在有限的地理面积上，保留了更多的原始性。如果不是开矿，人跑到一个连草都种不出来的地方，实在是没事干。而近几年禁止开矿的力度加大，矿场基本已关停了。

青海是富有的，拥有天时地利人和。在西北高原，有水就会富有，有水让人底气十足。由于草原面积大，国家给予青海的支持力度也很大。再加上青海湖的涵养，撒一颗种子便能长出一棵草来，真的是羡煞河西走廊。我总是站在青海的河与湖边心生向往，这么多水，给甘肃分一些吧，让祁连山南北两麓像一个母亲的孩子，都能吃到奶，而且母亲更偏袒弱小的那个一些。一山之隔呀，祁连山挡开了两边的生态，养育了河西走廊的同时，也设定了河西走廊的局限。而这样的局限无不考验着走廊人民，靠天吃饭的地方，在大气候变化的影响下，该如何珍惜？如若破坏和透支，断了地下草根的正常通道，植物必定不能存活，互为涵养供给的循环系统从而受阻不能畅通。

晚至德令哈，街上高挂着浪漫之都、诗歌之城的街标。浓郁的诗意袭来，仿佛海子就在人群之中，而人群之中随便一指，那个人就是海子。直至傍晚到八音河畔，看到汉白玉石景上，刻着鲁迅、海子、昌耀、吉狄马加的诗歌，我才知道，诗人们都在这里。这里有在和不在的海子，有过去、现在和未来的海子，已经深深长在了这里。轻缓的河流，清凉的绿荫。散步的人在青春的诗里，浪漫、激情、幸福和思念一应俱来。我在人群之中，听到有人朗诵：

　　姐姐，今夜我在德令哈，夜色笼罩
　　姐姐，今夜我只有戈壁
　　草原尽头我两手空空
　　悲痛时握不住一颗泪滴
　　…………

人群在静听，默默地行走，内心的共鸣热烈而深沉，仿佛今夜，德令哈只想念姐姐。只爱这身边的一切，跟着八音河，去海子的草原，不关心人类，把石头还给石头，青稞只属于自己。河对面出现了双彩虹，像两道七彩门，打开了低处抵达高处的途径。

四十一

今年夏天我在马场和青海之间清凉地度过，回到县城不适应高温天气，感觉进了火炉。室外室内汗流不止，冲澡停水，身上起了疹子，一时间感觉无法待在城里。可那么多人默默无声地生活着，我惊奇地看着他们，仿佛高温对他们不过是一种常态。唯有我受不了，我对自己的矫情说不出口来。想念马场，想念青海，想念清凉的地方和人事，时时刻刻都想回去，甚至压根儿不想回来。我住在小县城楼房顶楼，太阳炙烤得房皮像一个铁鏊子，人就像焖在鏊子里的面团，随时都有被烤熟的可能。没法写东西，整天头晕脑涨，热疹让人燥痒难耐。使劲抓，越抓越厉害，全身的神经被刺激，越抓越燥，快要疯了。

给二场的姑妈打电话借她点儿清凉，姑妈让我速去她家避暑，别中暑了。正好我要去一场项目部送发票，商量就近几天灭虫的事情，再不住那一场的小房子了，住在姑妈家来来回回不过也才四十公里。说去就去，我用半小时收拾好行李就上路了，出了城就感到一种身心自由，音乐陪伴，心向往清凉的地方。

姑妈家收拾得一尘不染，无论做什么都无从下手。家太整洁便有了谢绝感，似乎动哪儿都是一种破坏，甚至防不住还会酿成大错。我不去管它，沉浸在要做的事情当中顾不了那么多。我喜欢那个西卧室，大概清理了一下就据为己有。姑妈突然有事要进城，姑父在新疆带孙子。我成了家里唯一的人，我感觉世界全是我的。晚上看书要披着外衣，烫脚水很快就凉了。

马场的空气真让人舒服，每个细胞都被激活，互相之间能够通达呼吸。张掖的朋友从皇城过来，在二场的牛娃餐厅订了饭请我过去。一起聊了很多，新认识一个朋友，喝了几杯酒。那种欢畅几年都没有了。餐厅卖的是青海互助的散酒，一斤酒三个人刚刚微醺。若不是只限一斤，我们绝不会离开牛娃餐厅。即使离开，我们也会在二场的街头继续饮酒。可是下雨了，牛娃餐厅要关门，已经让他们等到了很晚。我们带着中年人善解的微笑离开，看上去风平浪静，内心却隐藏了风暴。不是谁都能住在这里，在一个雨夜有朋自远方来，推杯换盏。不是来访者都是诗人，不饮斗酒不罢休，只做酒仙不作诗。

二场的宾馆条件差，朋友去总场住宾馆，说好明早去草原，他们赶着雨去了总场。二场突然静得出奇，雨声遮盖不了灯光，因有灯光我不胆怯，一个人走进家属院，没有在雨中借雨悲秋，而是数了数亮灯的窗口。大部分人睡了，我突然想，如果此刻我有危险，呼救的时候，窗口的灯都会亮吗？

早早朋友就打来电话，他们退了总场的宾馆，已回到二场，在牛肉面馆等我一起吃早饭。我赶到时，他们在雨中徘徊，似在与雨对话，情投意合，乐于被淋。有一种湿到心里，要渗透马场秋雨的恣意感，看上去既像诗人，又像疯子。

淫雨霏霏的早晨，在这样的地方出行人少，我们却欣喜若狂。不同于众或意料之外难道才是诗人，他们的思想像在水中、芽里、云上，他们的语言是高于头发的音符。伙同于他们其中，我因以前写过诗，现在写散文为自己开拓。我也是有诗心的人，不但与你们在一起，而且还拓宽了疆域，随时欢迎你们。而雨天的野外不仅仅因为人少，还有透彻的清凉可以醒神。人是要淋一淋雨的，尤其河西走廊的人，生来干渴，像一眼紧紧抱水的深井，防不胜防就会干涸。

那么今天，走近祁连山淋雨，把山下欠的雨靠近山淋个够，把身体里缺的水续一续，可能只有祁连山才能续上，这是一种亲缘关系。一个人终其一生，没去的地方那么多，陌生的向往那么多，却往往忽略了身边的佳境。而作为河西走廊的子民，又能淋到多少雨呢，尤其地球气温升高以后。每一场雨韵致不同，一场雨也许就是一个世界，一种时态，一段过去，一些未来。这样深刻的感受，也许只有诗人和真正的艺术家，在马场大草原上才能找到。

茂密的草在风雨中低唱，天气阴郁，浓雾笼罩，能见度不高，隐藏深度到无限。除了白石崖水渠哗哗的流水声，你其实什么都听不到。

白石崖水渠在左，公路在右，我们顺着水渠逆流而上。路边的黄参、藿香、黄耆、穗蓼、铁线莲正在开花。听马营一带把穗蓼又叫作甜咪咪，轻轻采下喇叭状的碎花，品咂花蒂，甜咪咪的，我们也采下来，咂那甜咪咪。果然，那甜，完全可以代替人造糖类，清甜中沁人心脾，欲解馋甜味又尽。喜欢吃甜和低血糖的人完全可以借此一用，这是大自然留下的逃生之门，也是虫鸟喜栖于此的原因。

路边有养蜂人，几十个蜂箱关闭，蜜蜂在箱里避雨。我们走进养蜂人的帐篷，不足十平方米的空间摆满了东西，每一个角落都利用上了，空中也挂着衣服和塑料袋，还有用具。直对着门的床上睡着养蜂人的妻子，身穿棉衣，包着蓝色头巾，盖着被子。见我们进来，忙坐起身，看着我们与她男人说话。再过半月草原上的花将开败，他们打起行装要去南方。他担忧疫情，如果被挡在路上，蜂子就会被饿死。他们每年轮换着全国各地走，哪里有花便去哪里，他在野外养蜂，离人群远，反而可以防疫。他的蜂蜜有两种，一种野花蜜，一种油菜花蜜，我们买了野花蜜告别。养蜂人非常精干，他在水渠边给我们讲花花草草时，总会讲到与蜂蜜有关的内容。以至于我们相信，他的蜂蜜不仅是糖，还是药、补品、花草的魂、他们的生计。

我们离开养蜂人，他和他的帐篷很快便消失在了烟雨之中。我们再不能没心没肺地狂欢，意识到自己的轻狂讽刺了自己，几乎提出同一个问题，养蜂人需要淋雨吗？他的蜜蜂和帐篷能经受多大的风雨？我们静默行路，向路边的风景行注目礼，向风雨和荒凉致敬，向抵抗风雨的生命致敬。

一直到达高铁线路脚下，天渐渐晴了。向东有车行道，不知通向哪里，也不知有没有风景。我们的目的只有一个，靠近祁连山，到其腹地看看，最好能够登上山去。可是，路只有一条，除此之外，所有的去路都被围栏挡住。已经到了核心区边界，再往里走，就意味着犯罪。顺路走吧，走一次熟悉一次，说不定明年我就来这里做生态修复呢。

一直到高铁站，左手边草原，草原上有牦牛在吃草。右手边天路一样的高铁线挡住了我们的视线，没有动车通过，能看见轨道上长出的披碱草，把阳光摇出了幻影。自2022年1月8日6.9级地震以后，一直停运的张掖至西宁段还没有修好。听说8月份竣工，应该已经快了。挖掘机往大型卡车里倒泥沙，挡住我们的去路，我们只好等。路被轧下深深的车辙，看得出路基稀软，表面上垫了沙石深层依然软软晃晃。我们不敢过，大卡车的司机轧出一条路让我们跟过去，倒也有惊无险。我们得知，从高铁站通向公路的水泥路没有开通，只好继续顺高铁线走，大车司机告诉我们，一直走可以走到鸾鸟湖。我们一听欣喜若狂，那不是到一场了吗？到鸾鸟湖可以直接去槐溪小镇，该看的风景都能看上。而且还避开了门票，绕开了走过无数遍熟悉得不想再走的路。竟然走出了这等好事，在马场，总是会有惊喜等你，那是因为你尊重了它。

第一次到马场高铁站，走近看了看，面积不大，但"五脏俱全"，毕竟 2021 年 12 月 5 日开通一个月就地震了，没运输过多少乘客，除了室外被风吹日晒了一夏，其他地方都像新的，它接近于打破荒野之境，要带来和带走无数游客，让马场热闹起来。从高铁站到一场和二场大概二三十公里，但旅游路线只有公路沿途。已经风光旖旎了，足够看一天，再骑一天马，对外开放的基本也就看完了。当然，如果想跳锅庄舞，窝窝营地旅游季晚上都在跳，丝路明珠也在跳，中间会有篝火，远远望去，像一个部落在狂欢。

离开高铁站继续往前走，风景越来越美了，新认识的朋友下车拍照，老朋友光着膀子，都沾足了马场的高光。

继续前行，车子渐渐与高铁线路平行。看到祁连山全貌了，披云戴雾，或微笑或肃穆，永远那么神圣而纯净。一过高铁就是围栏，围栏里面是牧场，牦牛在牧场里吃草，再远处是比牦牛高的灌木林。大群牦牛被我们惊动，有的走开以为与我们距离很近，有的抬头望着我们，像是也想走出围栏。路边的牌子上写着"一场四队"，我们所处的坐标立马明确起来。没有来过这里，似乎这是一个隐蔽之地，只可以牛和放牛的人来，别的人想来也到不了这里。拐下大道，向一个牛房子走去，现在不是帐篷了，而是彩钢房，门前停着皮卡和摩托车。房前有几只鸡，悠闲地觅食，它们的粮仓比牦牛的大。这一切被一只藏獒看守着，以至于来没来人，那房里有没有人都没关系。狗没有叫是因为我们没敢走近。我们远远地停在一条干沙河岸边，被河对岸的灌木林、灌木林高处的烽火台深深吸引。那是古人把守的边关，边关那边是羌人、吐蕃，还有鲜卑。背靠背依附并保护着祁连山，山南山北生活着，烽火台成了古迹，也成了象征。去摸摸古人的体温，我们异口同声，相视而笑。正是中午，背上水壶和馍馍就走。

我以为那是金露梅，心想怎么不是一丛一丛，而是长成了一片，像一个整体，整整一河岸那么大。开白花，已到凋零期。叶子像蕨麻，有的被晒红了。可蕨麻是草本，这是灌木。后来在网上无意中看到，才知叫委陵菜，又对照《山丹军马场志》判断，确定是木本委陵菜。委陵菜多见，木本的不多，二场白石崖水渠边有大片丛生，海棠色花蕾，开花后为白色。大自然中竟然也有样子相同，本质完全不同的植物，近似程度能达到三种，比如，厥麻、委陵菜、木本委陵菜。这令人更加好奇，有没有四种、五种或更多种样子相同的植物，我想是有的，但无论样子怎么相似，本质绝对各有其别。

委陵菜灌木林夹杂着野柳、铁线莲，偶尔也有金露梅。木本委陵菜的枝干比金露梅的粗壮，也是海棠色，叶脉亦是。但叶子比厥麻的大多了，像是厥麻的升级版。林间有牦牛走下的小路，没有通出去的，拐来拐去一直在林间。不能跟着走了，得走到烽火台那儿去，自己寻一条路吧。我们三人各走各的，谁都想走出自己的路来，很长时间却一直在林中绕着。绕了半天才看清，通到烽火台不是灌木就是草丛，越是靠近越是难走。但谁也没有回头，走着走着看不见了，心里却明白大家都在并肩作战。我一心想到烽火台看看，旁边一定有石碑，刻着国家文物保护单位什么的。如果有与其相关的历史介绍该多好，差不多就是露天博物馆一角了。

路的两边有围栏，左边围栏内有马群，草地上有饮马的水槽，马的腿肚子埋在草里。马真会选地方，这里向阳，确切说，是偌大的南坡，坡上坡下绿草如茵。阳光有一泻不可收拾的明亮，蜿蜒的山坡挡走了西北风，看上去是个舒服的暖弯弯。四队的马群原来在这里，既信马由缰，又隐秘隔世，难道这里是天马的天国。起自何时，谁造了这样的地方养马，马追不上草，却在战场上立下了汗马功劳。草胜过农人的庄稼，似是秋天里还在拔节，隐秘的速度与马嬉戏，你前面吃，我后面长，直到催生汗血宝马。

白色的花、粉色的花、黄色的花、紫色的花，争相斗艳地开在绿草之中，不怕马群踩踏和啃食，招摇地开出彩色星天，背景则是纯然绿色。围栏是一道界线，把我们与马群隔开。诗人单腿跪地，高举着手机既拍马群，又拍"星天"，感觉他不是索取，而是在致敬。另一个双手合十，竟然不知道说什么好，直到发现马屁股上的编号，诧异和怜惜传说中的天马竟然也有标记的身份时，她的错觉才回到马场草原。多么像天马之邸，突然出现在你的眼前。多想骑一匹驰骋天涯，做一个江湖侠客，与你们杀富济贫。她是一名语文老师，深爱中国古典文学，古诗词写得极好，有一股深情的侠气。人又慈和，及腰的长发，飘逸的青衣，衬托得她仙气飘飘。事实上现代版的仙女便是这样，仙仙的，于人于己感觉良好，这便是最好的状态了。

我又讲起"一匹黑马"的说法，就来自汗血宝马的一身黑色，因为速度与惊人的神奇，被标榜成了优秀人才的代名词。我说马群里还有英丹、顿丹、阿丹马，这些统称为山丹马的主儿，正在迎接它们的下一代"血丹马"。当然，这名字是我起的，我觉得非常贴切，难道不是汗血宝马从汉代给我们带来了新的后代吗？

我是看够山丹马的，只有不同的生态和变化无穷的风景更加令我入神。我看到脚下与膝齐高的披碱草垂着半尺长的紫色穗子，密集地彰显着极尽的气势，使我不由得想到了"密林"。在北山滩上种草时，我急于研究披碱草的成功种植法时，草原站的人对我说，谁知道成功的办法是什么，种草也得有条件，一场不用种，披碱草长得几尺高，草穗子比麦穗子长，用得着种吗？当然，在山丹马场这样的土地上，种什么长什么，甚至不用种也会长出来。

路右边是燕麦地，燕麦出穗低沉内敛，像大家闺秀，没有披碱草那么张扬。山丹马场的燕麦草蛋白质和含糖量高，是世界上少有的甜燕麦，品质数一数二，是冬储的极佳牧草。收割时，收割机的切片时不时要清理的，糖分会黏在切片上形成厚厚的一层，影响切片的锋利程度。每天晚上都要清理，否则第二天就没法收割，切片上凝结了糖渍和燕麦草，比及时粘上的柔韧而坚硬，简直是道让人头疼的难题。这样的燕麦野生动物也会挑食，六队的围栏不只是被牛和马蹭痒痒蹭倒的，还有野鹿飞跃时撞倒的。这儿隐蔽，没有人的痕迹，避免不了野生动物的穿花行走，怪不得这里的生态如此之好。而好生态最大的特点是良性结构，一切都是那么井然，内部存在紧密的平衡，不会鼠多，也不会狼少，只是有益于自然生态的一种存在。这是我们所看到的，似乎很是完美，但没有水，饮马的水需要按时送来。水罐车送来的水放满马槽，马儿们过来喝饱，之后再放满马槽，啥时候想喝啥时候喝去。

所有的牧场都是，牲畜在固定的范围之内，被围栏圈禁。如果没有围栏，它们自己会找到水源，结队按时去饮，饮完后或戏水，或进水洗澡纳凉，反而把自己弄得一身泥水。除此之外，这里用不着人看着放牧，我们一路走来，看到了无数的牛和马，就是没有看到一个牧人。

这里是夏牧场，夏天送水不那么辛苦，马槽也不会结冰。天凉了马群转场到冬牧场，距离鸾鸟湖近，直接赶到湖里去饮水，喝的都是流水。

说话间我们看到了鸾鸟湖，明亮的天然镜子似乎小了许多，那是西大河抽走了湖水，去浇灌金昌的田地，进行了一年一个循环。等到秋天，灌水需求少了，鸾鸟湖的水又会聚集起来，存蓄好下一年的水量，天然镜子又会变大。这些一点也不影响湖里的高原裸鲤和水上水边的鸟类，甚至随着这几年生态向好，飞禽走兽也多了起来。

鸾鸟湖边人声嚷嚷，我们看到了车辆和备着鞍子的骑马，那儿是马场一场夏天的一个骑马景点，所有的骑马都是职工的私人财产，每年夏天搞一点创收。

经过山丹马场马产业基地，出四队队部上了柏油路，我们算是走出了"隐秘"之旅。马上有人走过来挡住我们，骑马不，山丹马，骑一下？我问朋友骑不，朋友摇头。又问先去鸢鸟湖，还是槐溪小镇。一致说去槐溪小镇，鸢鸟湖已经来过了，马也在这里骑过了。

王延打来电话，明后天赶快灭虫，现在正是灭虫最佳时期，不能耽误。我说，看天气预报，马场连续有雨。

从槐溪小镇返回途中，天又下起了雨，雾气加重，能见度不足十米。尽管如此，我们仍然到一场三队的公路边看望了一位朋友，她一个人看守一个企业的燕麦场地，幸好旁边还有同行场地，否则一个女人在这样的地方，遇到任何情况都呼救无门。包括她的丈夫，场里的所有人都去了燕麦地上吃住，那里也有库房，既卖去年的库存干燕麦，也种今年的大面积新燕麦，这里主要是收购和过磅秤推展业务。房子里开着电暖器，一台大电视正放着古装剧，窗口养着几十盆花，与室外的植物相比，这里是春天，那里是秋天。养花人还嫌没有养好，都是些一般的花，不值钱，也没看头。可她却把正在开花的绣球对着窗外，给绿萝和黄瓜藤一样的花搭了架，把所有的花摆在砖与瓦支起的高处，比窗户矮，却比地面高。放下一些吃的，我们告别，出门发现他们草场左右全部都是草场。这里还有别的企业，我们从浓雾中吃力地看清了彩钢库房上写着红色大字：草场重地，严禁烟火。

整个山丹需静默七天。我一个人待在了姑妈家里，既庆幸又无奈，庆幸一个人可以安静地写工作笔记，计划最少写完青海考察行记。无奈人生地熟，显得天大地大，一个人孤单。其实留在二场的人有近千人，避暑的，中元节回来上坟的，都自觉留下了，二场便不觉得那么空了，又热气腾腾，满满当当。

四十二

　　七天后，姑妈回来了，我却住得不想回了。这里清凉，湿润，安静，晚上能听见远处牛的叫声，清晨能看见喜鹊到处飞叫。我与要去平房喂鸡的兰师傅聊天，他说自从上了楼平房就闲置了，人走了鸟来了，鸡下的蛋被喜鹊叼到房顶上吃，晒下了一房顶鸡蛋壳。还说，鸡圈在屋里养，屋闲着也是闲着，不圈鸡老是丢，有被人偷的，也有被老鹰叼走的。他说现在的鸟太多，不知道从哪里来的。他就是115队的职工，他们队部天一冷就飞来成群结队的鸽子，房顶上落得满满的，比房瓦还稠。人惊动起这一群鸽子，接二连三能飞起来那边的好多群鸽子。也不知道鸽子是哪里来的，每年秋凉了就来，第二年天热又不见了，可能是夏天回来种地的人多，鸽子不想和人一伙了。

　　我问有没有人打鸽子。兰师傅说，谁打呢，让人看见了又说连一只鸽子都不放过。我说鸽子也是保护动物。他说他们都知道，所以都不去打，还把房顶留给鸽子去过冬。我推断鸽子是从祁连山来的，因为离祁连山近，其他地方都是人，不会有那么多鸽子的。兰师傅说，有可能，他知道祁连山里有个鸽子山，山上全是鸽子，有人见过。那年他们去那边干活儿，说是就在鸽子山附近，也看到鸽子乱飞呢。我想去鸽子山看看，可走了老远也没走到，最后肚子饿得走不动了，只好回来了。

我说去年我们在115队看到鸽群了，飞起来特别漂亮，落房顶上很震撼。兰师傅问我去那里干啥。我说去看燕麦地，绿压压的没有边际，也是让人震撼的风景。兰师傅说他就在燕麦地上干活儿呢，春天燕麦一出地皮，风景就美得很了，咋看都看不够。再加上现在燕麦值钱了，分了地的职工有种头了，一看燕麦心里也舒服了。我们又聊到为什么燕麦值钱，而以前的大麦和油菜不值钱呢。兰师傅说，以前的养殖业少，也没发现马场的燕麦有世界级的品质。不仅蛋白含量高，糖分含量也很高，是上等的甜燕麦，适口性好，营养价值高。除了下雪收不及时，燕麦品质变了会影响收入，其他只要是个燕麦都吃香得很，全国各地的大车都来拉呢，因为我们这儿的燕麦是全国最好的燕麦。

后来从《山丹军马场志》上得知，2005到2015年十年间，山丹马场每年都有大雪灾害，仅2015年约10万亩燕麦草被雪覆盖，只能跨年待机收获，造成较大损失。但我从 2021 年开始调查了解，山丹马场近几年冬天雪少，春天雪多。因此，燕麦草收获的时候大部分能够归仓，基本没有冻害损失。当然，机械与人力也是关键。从 2019 年开始降水量就在增加，推断超过了干草原的最高数值 450 毫米，那么，马场的草原是不是已经进入了新的草原特性？如果是，祁连山水源储存方式是不是也在改变？雪虽然少了，但植被修复明显好转并扩大，这对水源涵养有重要的作用。那么，祁连山生态随着地球气温升高，会不会再发生新的调整或重组？比如，真的变成或近似南方气候？如果是这样，若干年后，河西走廊的水会不会多起来？

四十三

雨下了三天，今年的雨似乎很多，听说黑河正在发大水，水量比往年多了几倍。以此推断，祁连山里的雨势不小，黑河一路下大雨了。一个月前我们去过的路上，下大雨了。今年的雨真的多，河西走廊无人不这样说。就在去年冬天到今年春天，我惊诧地呼喊，祁连山没雪了，大家还不相信。除了水利部门和自然资源部门知道，正在默默研究如何解决山丹水资源问题，普通老百姓都说我一天咋咋呼呼，好像就我知道祁连山。是的，就我和我一起关注祁连山的人知道祁连山真的没雪了，以往的雪山变成了绿山，山绿得跟南方一样，但比南方山势陡峭。速度很快，仿佛我们刚刚发现，今年夏天就出现了罕见的高温天气。

天终于晴了，被8月9日突如其来的疫情耽搁后，又被下雨耽搁的草原防虫今天开工。可路还是泥泞的，尤其退化了不长草的地方，干溏土拌了几天几夜的雨水，路便成了稀溏路。一早，一场机关上班后，王主任安排郝队长带我们去施工地点，经过饮马的水房子旁那条路时，我们的依维柯陷泥里了，周折了一个多小时仍然没有折腾出来。马只好从边上过，趔趔趄趄地，不得不隐忍着惊慌，走过我们后，飞也似的猛跑起来。郝队长说："我的马给惊吓了。车先放着吧，让晒着去，等中午过后就好些了。"于是，我们步行回到街上，规划另一片灭虫区域。万一这边还上不去，或者天再下雨，先喷另一片区域，那边的路好走一些，基本是平地，没有山头。然后我又到王主任办公室，找他从卫星地图上制表打印。

为了赶时间，最终决定无人机防治，由于下雨，草地湿度深厚，大型车辆作业困难，而且还会轧坏植被。两架无人机：一架 T20，一天可喷 1500 亩左右；一架 T40，一大可喷 2000 多亩。一天预计 3500 亩，除去耽误的时间，三天足足喷完了。所喷的药剂是 1% 苦参碱，一亩地 100 毫升，兑水量一升。这是一场的草原第一次介入农药防虫，要求非常严格，尽管药效可能很好，但是飞防技术要求过高，飞高飞低，风大风小都受考验。这一次灭不好，合同签订监管两年，明年还得灭。那样成本就大了，也对草原不利，恐怕验收不过关。话说回来，补救往往注定了损失，补救就是亡羊补牢。

周浩和樊璞是飞防高手，自从有了飞防业务，他们就成了第一人选，年轻，脑子活，爱好把玩无人机。他们巴不得只做飞防，不做其他工作，每天都想飞，无论是作业还是把玩，就没有过瘾的时候，越是艰险越想去实践，以此证明，他们的飞防技术无人能敌。2016年第一次飞防时，周浩就在阿右旗陈家井的葵花地里抗六级沙漠风飞出了好名，得到精神鼓励，他越加喜欢了，变着花样玩耍，把无人机当宝贝一样。

马场草原地大山多，风雷和海拔都是考验，气压也是一个因素，没几把刷子，谁敢去飞。周浩却兴致勃勃，但又按捺着兴奋，生怕失去祁连山下马场大草原上飞行的机会。更何况要破马场纪录，把现代化草原保护技术带入其中，是多么艰巨而又荣幸的事情。他善于按捺兴奋甚至激动的性格适合做一名飞手，总是把最后的爆发用千钧一发之力表现出来，而且表现得淋漓尽致，不愧是优秀飞手的品质。因此，这次的马场飞防主要靠他，他还要做樊璞的技术指导，让他在马场草原进一步提炼经验。

午饭后去开陷进泥里的车，周浩瞅好方向，在众人的比画下，猛地踩一脚油门，车摇头摆尾冲出来了。然后去新的区域，在两个网络信号塔那边，太阳已把地面晒硬实了。

郝队长和金队长带着我们，经过了四道围栏门，过第四道时钥匙不在身上，说是挂在门里右边的围栏立柱上，怎么找也找不到。又打电话问，说是就在那儿。右边很长，直找到尽头也没找到。又趴在地上找，是不是掉下去了，仍然没有找到，真是怪了。郝队长说："不找了，把锁子砸了。"并拿出手机拍下了砸锁子的过程，说是要给放钥匙的人看。用扳手只一下就砸开了锁子。郝队长拿起来看，锁子还好着，他说出来的时候还能锁，万一钥匙找到了开不开，那就再把锁子砸掉。

草原上的锁子就是这样，崭新崭新地锁上，被雨雪浸润到生锈，有时能打开，有时打不开。打不开就砸掉，砸了换，换了再砸，一年不知砸多少次，但门是一定要进的，锁子必须也要砸的。

在一个牛圈处停下，这儿因有牛而虫多，牛粪牛料都会生虫，冬天不生夏天生，立秋之前要灭虫。山顶和四处敞开的牛圈不生虫，这儿是一个山窝子，两面夹山，一个山沟还七拐八绕，所以窝风，一窝就窝出了草原害虫。

牛赶到夏牧场去了，饮牛槽底朝天翻着，槽下面潮湿，有草也有虫。就从这里定位，从车上抬下无人机，25公斤的苦参碱药桶，樊璞发着了留在车上的发电机，把无人机电池充上电。之后调试，定航向航距，两个人先空飞，无人机上有摄像头，到哪儿飞多远，遥控器上都可以设定。设定好后，无人机飞回来，我们已经把药配好，加入，起飞，喷洒。大疆T40续航时间18分钟，最高能飞400米，最远能飞5000米。周浩设置在200米高，2000米远，4分钟就回来了。当遥控器报警，电池已剩25%的电时，要换电池。换上充好的电池，再充上刚换下的电池，发电机一直响着，无人机再一次起飞……

姑妈跟我来拾蘑菇，一个人挎着提篮渐渐走远。一会儿打电话过去问拾到了没有，姑妈说："少得很，也小得很，才出地呢，如果太阳好好照照就好了。"不远处也走来人，手里提着便袋，也在拾蘑菇。那是翻越围栏拾蘑菇的，看到我们刚要走，又看到姑妈不走，他也不走了。郝队长他们没有去挡，拾蘑菇不要紧，翻围栏和开车碾轧草原不允许，既然没看见人家翻越围栏，又没有车，也就由着去吧，一两个人踏不坏草原，怕的是踏的人太多。再说膝盖高的牧草也需要踏踏，踏下去通通风，透透气，有助于明年新草发芽。山丹马场的草原实在茂盛，限养的牲口根本吃不完，为的就是保护生态，以能养的畜牧数量养着职工，等他们退休收回牧场，便归属到国家公园，让生态回归到原始状态，充分确保祁连山水源节省和涵养。加之草原生态保护与修复工作落实到位，这里的草是吃不完的。所谓的吃不完是指，在保护区草长到一年该长的高度，不过度放牧，只适当放放。一群马有三四个草场，几乎春夏秋冬牧场都有，据地理位置看长草情况转场，马吃肥了，草仍然茂盛。至于私人牧场，也是一半夏季，一半冬季，这便是一块牧场为何一半黄一半绿的缘故。黄的不是退化，是去年的黄草还在摇曳。

牧人把这种情况叫缓牧，让草场缓过劲来再放牧，以确保草场不会退化。

我们的脚被深草埋住，走起路来如拔浅陷，无法走快，不是怕踩踏了花，就是怕被草绊住。草原人能跑起来，他们踏不到花，也不怕草绊脚，只是放开跑，似乎眼前一马平川。他们说跟牲口练出来的，你不跑牲口跑呢？但不跑的时候动不动躺倒在草地上，嘴里嚼一根草，痴痴地看着天。我问过他们看到了啥，他们说，啥也没看到，就是想看看，看的时候听听草原根部的声音。郝队长还爱趴，你看不见他就趴在了草地上，不是拍牛粪上的狗尿苔，就是拍牛粪旁的花花草草，也不嫌臭。像趴在他们家热炕上一样，老半天静静地趴着，两只脚翘在半空中摇晃，你以为那是两棵怪异的植物。

狗尿苔都长在牛粪上，因为有毒，没人采它，它倒把自己长恣意了。一伙儿一伙儿长，那阵势齐刷刷的，像是立正被验的兵。落单的也不示弱，反而没人抢营养把自己长得粗壮高大。都俊得很，高挑的个儿，矜持的伞，轻易不打开，打开就倾其所有释放气味，直到放完，把自己放腐烂了。所有蘑菇都是如此，有香气的放香气，没香气的放姿势，等放到把伞完全打开，蘑菇的一生开始软腐。大多被虫子噬腐，碎化骨骼，化土为泥。把菌丝留给土壤，待来年天热下雨，再重新组合或分裂增生，又长出新的一生。

马场草原的蘑菇除狗尿苔之外，主要是白土菇，白得就跟雪峰一样。地上有无数白蘑菇，无数白色雪峰就在地上。这是不是祁连山的回应，什么样的背景生什么样的物，就连树都会长得像依傍的山峰。白蘑菇没开伞时叫丁丁菇，这是蘑菇最上乘的时候，吃起来又脆又香，滑腻爽口。一开伞就开始变色，由浅棕变深棕，再由深棕变浅黑，浅黑会变得越来越黑，直到黑软了筋骨，软塌塌要腐烂的样子。这时候若不晒干，毫不留情会生虫子，即使马场气温低，虫子生得慢，一朵蘑菇两三天也就完蛋了。不生虫的白蘑菇随着变干，表皮也会变色，白中带黄，皱皱巴巴，像一张剥下来血迹干去的驴子皮，翻过来却是一身黑。如果底朝上翻过来一堆白蘑菇，那就是二场草原上的一群黑色驴子。马场人把伞内变黑的白蘑菇叫作褐驴皮，这名倒是不失形象。不过山丹方言中"黑""褐"不分，都发"褐"音，"褐驴皮"也就是"黑驴皮"，因为马场草原只有黑色的驴子，纯黑。姑妈只喜欢丁丁菇，不喜欢"褐驴皮"，她说做汤饭一锅黑汤，炒绿菜一盘子黑菜。但一场的富生餐厅炒得极好，黑是黑，绿是绿，白葱是白葱，厨师的手艺不仅如此，关键还很好吃。有时候也炒"青把子"，一种把儿是青色的蘑菇，也脆，但没有"褐驴皮"香。都说，厨师炒的是干蘑菇，没有水分，所以不染色。没有水分也依然香，服务生刚端到门外就闻到了。

周浩和樊璞一人站在一个山头上喷药，山头上信号好，把山下也喷到了。这里的植被主要是针茅和冰草，一种野菊夹杂其间，紫色的小花集体开放。花瓣四射，像无数烟花迸溅，只为了呈现又圆又饱满的黄色花蕊。看上去花蕊比花瓣沉，却被花瓣释放出来，像野菊用生命变了个魔术。到处都是，绿草丛中一丛一丛的紫色，草地像个魔术师。只有这紫色野菊烂漫无瑕了，绿草开始长老了颜色，别的野花几乎开败，它们开得早，败得也早，已经进入了秋的收敛。

　　两位队长各拾了一捧蘑菇向我们走来，他们会拾蘑菇，却不见他们为拾蘑菇而拾蘑菇。他们走了老远在看草，牲口吃下去长得怎么样了，有没有异常变化，草丛中会不会隐藏了受伤或生病的动物，等等。

　　周浩和樊璞半天时间喷洒了两千亩地，初战告捷，收工后去了丝路明珠宾馆住宿。姑妈和我回二场她家住，她拾了半篮子蘑菇，心情愉悦。路过围栏里吃草的马群时，姑妈说，天黑之前的马在山头上吃草，能看到马肚子底下的光，把马衬托得好看得很。

四十四

　　天下着毛毛细雨，这个时节一下雨就拉雾，一场的海拔高，拉雾比二场浓，雨也下得比二场大。与监理和队长电话商议，下雨不能喷药，只能等着。他们去向场长汇报，场长说，庄稼地下雨不能喷药，草原下雨也不能喷，先停下等待天气放晴。

　　看天气预报，天气放晴在三四天后，于是我通知周浩和樊璞，收拾行李先行回家。周浩却说，他媳妇拾蘑菇来了。

　　雨一会儿下，一会儿停，我在姑妈家写了一天笔记，周浩他们在草原上拾了一天蘑菇。我大意了露水，想着周浩那么聪明，他们会用塑料袋防护的。谁知下午七点了来二场给我送东西，樊璞冻得不停地颤抖。鞋子湿了，裤子湿到了膝盖，不知手湿了没有。周浩有多带的衣服，换上淡定自若。樊璞就成个疙瘩，冻得直打哆嗦。我赶快找姑父的拖鞋让他换上，只见他赤着脚，一条单裤翻编得老高，哪里像在深秋的祁连山下，分明是在夏天的南方。我给他找姑父的裤子，他说什么也不让，年轻人不轻易穿别人的衣裤，我不再勉强。他走时脱下了拖鞋，又把脚伸进了那双湿鞋子里面，以最快的速度跑到车上，甩开鞋子就把双脚盘在了屁股下面。我忘了提醒他，回去一定用热水烫脚，把寒湿逼出体外。在高寒地带，人最容易从脚下得病，得上就是要害的病，有的甚至影响一生。二十几岁的年轻人千万别把脚凉下了，尤其是男性，火气越旺，越不能久久遇凉。脚底板凉了得肾病的不在少数，更别说整个脚长时间在湿冷中。

就为了拾蘑菇，一个人一年又能吃多少。市场上一斤湿菇十块钱，一斤干菇一百二十块钱，可一旦得上病，就不仅仅是花钱的问题了。事实上人们不惜代价拾蘑菇，马场以外的人就像铁道游击队一样，潜伏在公路边，看着没人，翻过围栏进去就拾。地都被拾套了。常有人这么说，意思是地都被人拾乏了，哪里还有蘑菇。可还是有人拾着，半个夏天到一个秋天，还是有人拾着蘑菇。把马场的蘑菇拾成了一个特色，成为马场居民的一项收入。

拾蘑菇得会拾，否则去了拾不上。会拾的人拾的是时间，不会拾的人拾的是随意。拾时间的人早早赶到草原上，无论露水大小，一晚上绝对长出蘑菇了。对于菌类，长得快，败得也快，一晚上足够生长一生。拾到中午太阳强烈，人也拾累拾饿了，背着几提篮蘑菇回家。这时候拾随意的人如果赶到，找来找去找不到蘑菇，就像赶早的人带走了一般，或者和太阳捉迷藏呢，你就是拾不上。转悠来转悠去，一直转悠到下午四五点钟，蘑菇又慢慢顶出了地面。在太阳的照晒下，早顶出的大一点，迟顶出的小一点。但都是丁丁菇，一骨朵一骨朵，把伞收得紧紧的，就是不打开早早变成褐驴皮。这时候拾到开伞的，那是早晨落下的，只要没生虫，都能拾回去，不过要尽早晾晒，已经到生虫的临界点了。

一场的公路上每天停着莫名其妙的车辆，车在人不在，停上半天，向车走来的人都提着蘑菇。翻越围栏，满载而归。这些不是马场人，是山丹县周围的人，因此，半偷半明，谁也拿他们没办法。一场有专门挡草原的，怕外人把摩托和汽车开进去轧坏草原。看到停着的车辆和谐劝返。看到翻越围栏的人，阻止并好言相劝，提醒再不能翻越，打发回去。马场人不会惹事只会压事，他们有他们的方法保护草原，把草原保护得首屈一指，和地方群众也相处融洽。我姑妈总是自豪地说："马场人悄悄干的净是大事。"我取笑姑妈："大事有好事也有坏事，你指的是好事还是坏事呀？"姑妈不依了："当然是好事，马场人怎么会干坏事呢？"我的优越感受到了打击，好像姑妈改嫁到马场，反倒比我们自以为幸福的人更幸福了。

四十五

　　天终于晴了，周浩他们八点半准时赶到一场，接上郝队长就去了防虫区域。到项目部接杨主任和监理时，场里的领导在检查工作。我在办公室外面等，看到松树林里的蘑菇长了很多。有狗尿苔，有树菇，也有土菇，俨然一块蘑菇地，腐的腐，长的长，没有人去理会。我想，后院的林子里一定也有蘑菇，那儿没人去，一定比这里的又大又多。马场人就是这样，他们的素质是整体性的，只要大家坚守的原则，自己绝对不会亵渎，更不会从自己这里打开破口。另一方面，他们认为公家的地方，自己作为公职人员，没有意思放低身位去贪便宜。又不缺蘑菇，马场谁家没有吃的蘑菇呢？

　　到了飞防地点，飞机已经定位并调试好了，周浩和樊璞正在加药。乳白色的药剂是这片草原的首次闯入者，杀伤力必定很强，对害虫效果好，同时对植物也有副作用。因此，配药数据必须保持在规定的最小单位，以免介入太多，破坏了草原特性。若不是近两年高温天气带来虫害，为了防止蔓延喷施保护，马场的草原根本用不着防虫。化学药剂介入越多，对草原的改变越大，只有坏的没有好的，不仅改变植物原始性，而且改变土壤中性。原始性是再生能力最强的特性，任何改变都会带来负面影响。土壤中的化学残留如果严重，土壤微生物就会遭到破坏，土壤失去分解能力，越来越僵化，因素加重时会析出盐碱，最终导致土壤退化。

　　我们小心翼翼，能不喷药的地方就不喷药，我们选择性喷药，非必要绝对不喷。如果喷不够一万亩防虫，我计划请求一场多做些围栏，或者撒播工作。能够生态平衡，灭鼠也可以，至少不会二次中毒的鼠药是投在鼠洞，不伤及其他生物，作为饵料载体的粮食也是一种肥料。尽管害虫无处不在，像马场这样的草原也还是少有的净地，哪怕有一点虫子也是正常的，水清则无鱼，苍蝇的幼虫还可以使牛粪腐化呢。尊重自然是指尊重自然的整体性，是自然万物之间的彼此依赖关系，任何一项缺失，生物链的完整性都会存在断裂。

　　因此，对于化学药剂的介入，我们再三思量研究，哪怕被虫子吃掉一点植物，也尽量不要让多一毫升的化学药剂进入草原。化学药剂会导致动植物变异，设想一下，动物和植物如果变异不到一条平衡轨道上来，草原生态的世界会不会大乱？对于自然，严格来说，一切外来介入都是自以为是，任何力量都大不过自然的自我修复能力。即使善意地改变，若只改变眼前而不考虑后果，改变的价值又在哪里。我们脚下的防虫区域野草繁茂，深不见底。最矮处也会埋住脚踝，最高处一人多高。草丛中万籁齐鸣，你数不出有多少种声音，我只能分辨蝗虫唧唧的叫声，显得单薄却撕裂，难道是苦参碱对它们起了作用？我们趴在喷苦参碱的草地上细听，似乎什么都没有改变，不仅农药味似有似无，而且虫鸟一直在召开音乐大会。草太深了，虫在草里，鸟在草外，T40无人机那50—300微米的雾化药液，被风做了二次雾化。你可以想象，那近似淡雾的药液落在草叶上的知觉，我们只是为了控制害虫数量，并非要灭绝它们。因为这里有人和牲畜的反复出现，现在又来了机械，机械带来了科学的运用，草原宁静被打破，自我修复功能自然减弱。以此前推，是自然界发生了变化，先从气温升高对我们发出警报信号，从而导致草原虫害。而人们在摸索中束手无策，不得不实验性对草原进行保护措施。

这里是放山丹马的地方，以往在公路上就能看到马群。生虫以后马去了围栏那边，这边的草却长得比那边好了。当然，今年雨水格外多，土壤元气饱满的草原，长草速度疯了一般。一人高的以披碱草和针茅为主，足够半尺长的紫色穗子，像麦穗一样稠密。夹杂最多的则是正在花期的萎软紫苑，有一块开阔地就呼啦啦开出一片。这是八月送给九月最多最美的花礼，极尽所有把自己盛开得像女王一样。我总是爱看它们，一个人时坐在旁边看草原，发现草原像它们一样生养我。不知道我是哪一个，但我分明和它们一起在摇曳。那浓密的针茅，如打乱的光线一样重影交错，风把我对人间有限的情思告诉它们，多么苍茫，仅仅是因为存在，天各一方也如此安然。这深秋的景色，熟透的晚风，怎能让人容易满足。

还有小蓟，用一身的刺，护着烟花一样飞溅的花蕊，紫色就鲜艳得要奔粉色而去。它和萎软紫苑都是深秋的娇儿，别的草类都被秋煞，它们却越开越勇，成了草原花卉里的主流。包括一棵沙参，一棵助柱花，紫苑和小蓟都带有紫色。我突然好奇，想起这时的公园里，只有几种小菊开着一片片花朵，都在紫色系范围内或浓或淡。这时我突然发现，黄色是秋的收，而紫色是秋的放。这是在祁连山下，绝对没错。

这一天飞防作业非常顺利，提前完成计划以后，我们在夕阳下每人拾了半包蘑菇。这是下午的第二茬，晒了一天的太阳，又从土里挤出了姿势。

四十六

　　杨主任没有来，他们在槐溪小镇的松树林子里干活儿，我给他打电话时，他气喘吁吁的，说由监理全权代表。我接上监理去找郝队长，他已经站在围栏边等我们。他带我们进草原。飞防换了新地方，与补播改良地重合。那里阳坡虫情不容乐观，植被有所退化。

　　我们顺着马道往前走，一路上看到我们种下的披碱草和老芒麦夹杂着野草，齐刷刷长出来了。像春天的麦苗，浓绿布满了新的空间。我们喜叹，今年的生态这么好，老的草长得高，新的草也长得这么好。还是要下雨呢，祁连山没雪了雨水多也要知足呢。关键是怎么考虑把雨水充分利用起来，既然靠不了雪，那就靠雨，这是大自然给我们的考验。

　　我们信马由缰地闲逛着，跟着马道进了两道围栏门，马群在左边吃草，我们从右边经过，郝队长说："不要打喇叭，别把我的马给惊吓了。"他把队里的马说成自己的马，我也知道他就当自己的马一样那么喜爱。你不得不服了这些人，对马的情怀扎了深根，割也割不断，总是像欣赏宝贝一样，在马与自己的关系之间找到优越感。不同于常人，他们是马场的养马人，而且养的是举世闻名的山丹马。他们的骨子里从小就种下了和马的感情，看马的眼神既像父亲，又像母亲，在合作的时候又像兄弟，或者兄妹。

我故意和郝队长抬杠："你的马还怕喇叭声吗？"

郝队长说："太近了当然怕，马不喜欢汽车喇叭声。"马本身警觉性比牛强。他怎么会拿牛和马比？

我说："马的警觉性有多强？"

郝队长说："马闻到不同的气味会发出信号。等会儿让你们看一样东西就知道了。"

草原的神秘无处不在，郝队长又吊起了胃口，我们充满好奇往前走。又到了一个围栏门口，郝队长说："停下，带你们去看那样东西。"

我们跟他下车，来到围栏拐角处，他指着搭在围栏网丝的半具动物尸体说："看，这是被狼吃剩的黄羊。马群发现时，狼扔下跑了。"

我说："怎么看出是只黄羊，也许是只狍鹿呢。"

郝队长说："我们就说成黄羊了，因为狼爱羊嘛。当然也可能是鹿，还可能是别的动物，这几年野生动物越来越多了。"

我说："狼攻击马吗？"

郝队长说："前几年老有小马驹被叼伤，这几年没有了，山里有其他吃的。"

我说："马会不会护群？"

郝队长说："会呀，马护群得很，不是说好马护一群嘛。有了危险挤成一堆，踢起来凶得很。以前有落单的马也会被狼群攻击，尤其是领着马驹的母马。这几年没有过，狼吃饱了不前走，除非误打误撞。"

那半具尸体被晒黑了，皮毛很顺，雨梳顺了尸体的皮毛。空空的胸腔散发着浓烈的腥臭味，苍蝇在嗡嗡地盘旋。逼人的气味让人无法靠近，那是春天留下的尸骸，几个月后依然散发着肉体才能发出的气味。郝队长说刚发现时天气还冷，放马的人拿起来，放在网丝上慢慢变干了。若是放在地上，腐化得快，可能只剩骨头架了。拾起的人无非想让同伴看看，这里有生物链弱肉强食的自然捕杀，这里死了一只黄羊。没有草原一直安静，人退出时，该出现的都会出现，那本是草原原有的状态，比人的到来更早一些。

我们种下的草也长出来了，而且这里没有鼠害，偶尔看见旱獭，没有人去理睬。以前旱獭在这里疯狂打洞，把草原打得千疮百孔。它们死守家园，人来了钻进洞里，人走了钻出洞来吃草。吃饱了打洞，洞打好下崽。它们的地下王宫辉煌而盛大，它们的地上王国安然而无忧。后来关注祁连山生态，人退出了核心区，划分了缓冲区，人与野生动物拉大距离，动物的活动空间增大。几年以后，野生动物数量增大，胆子也越来越大。于是，这里的生物链被接起来，各种鼠害得到了自然遏制。

看到几个人在草地上走动，路边有两篮子蘑菇白得馋人。草丛中露水还大，已经有人拾蘑菇了。高原的露水带着神风，防不住就会掠打人的健康。我奶奶就是被掠病的，瘫痪在床，屁股和胯部被压烂了。村里的老人叽叽咕咕，说奶奶被神风掠了，谁让她露水地里拾麦穗呢。我姑妈也是，老蹲在露水地里侍弄菜，不是拔草，就是拥土，突然得了类风湿关节炎，吃药的钱比吃菜的钱多。

姑妈又来拾蘑菇了，她要给她拾一点，给她女儿拾一点，给老姐姐拾一点，给这个秋天拾一点。不过她这次戴了皮手套，早来的人穿了皮靴子，一皮隔寒湿。经过那两篮蘑菇时，有人说易拾难拿走，车不让进，人背不动啊。正说着，远远驶来一辆摩托，看到我们的车，知道车里有领导，又远远地停住了。郝队长没有看见，他让司机别轧了蘑菇篮子，然后看着几个小朋友呵呵笑："嘿，这草原上，娃娃们玩起才舒服呢。"只见几个孩子跟着大人也在拾蘑菇。红外套，绿毛衣，成了色彩亮丽的风景，草原的春天一直在跳跃，祁连山下的草原还放牧着孩子。

山沟里没有信号，无人机须到山头上才能作业。拉飞机的车斜着上山，太陡的地方走"S"形。草太深，掩埋了地况，只能摸索前行，有土堆的地方得绕远，以免跌入旱獭洞里。前面的车为后面的车开路，走得惊心动魄，走过的路留下深深的车印，像是一架天梯上了山。到了最高的山头，先搜寻信号，满格，非常好，同时能够控制山谷里的喷施。

周浩和樊璞一人一头，各自调好自己的飞机飞起来。这不算马场最高处的飞防，前段时间还有一架大飞机灭过虫。那是另一个标段的项目，造价大，有人驾驶，也是一场第一次引入。

我抓拍影像资料，稍微蹲一下身就能把对象拍得很高，高高的人，高高的飞机，高高的山。突然，我发现背景里的祁连山没有积雪，这是八月底的祁连山，以往山下下雨山上雪，现在山下下雨山上青蓝。那景色真美，富有浪漫主义的迷幻。但那不是西北的浪漫，也不是祁连山的格调。西北的浪漫苍凉透骨，并在透骨中舒爽得一尘不染。而祁连山顶的白，只有热血才配得上对比。

雾气笼罩，只看清山有前后两层（其实无数层），离我们近的一层长满绿草，像绿水。离我们远的一层高于"绿水"，是青山。这是最美最壮观的青山绿水，给人以魔幻般的神秘意象。"绿水"是山又是水，跟着青山往上涨。青山凝重，静止到了焦渴的程度。雪呢？前几年还是雪山，为何今年显现成了青山"绿水"？

这并不好。我们都说。当然不好，雪山以雪山的样子出现，是要以雪养育。雪山以青山"绿水"的样子出现，可是有山无水呀。

"绿水"以上是风化岩，风化岩像个帽子戴在山顶。那高高的帽子寸草不生，太阳收走它曾经晶莹的光芒，以粗糙风化粗糙，等待雪的细腻来临。

为什么走到这么近我才看清，为什么这么近我仍没有看到积雪？雪山变了，变出了南方的山色，而我们会有南方那样多的水吗？只有那山峰倔强，以自己的高，坚守了积雪曾经来过的痕迹。

我们还想走近，被一公里以外的围栏挡住，那边也是一场的草原，与这边划分了界限，属于另一个畜牧队。是今年新建的围栏，最上面的旧刺丝没有去除，于是成了两道刺丝。旧的在上，新的在下，新的完美衬托了旧的，新的崭新，旧的已经生锈。

修围栏的人离开以后，草疯狂生长淹没了人来过的痕迹，借天时地利，修复了自己桀骜的状态。草深得不敢走车，底盘被刷得发出了红色警报。把车停下，不能立即熄火，以免拉缸。过一会儿熄灭，待车完全冷置后再走。即使这样，也只能走走停停，当红色警报又出现时，再一次停下冷置车辆。能走进这样的草地是好司机，而且不心疼自己的车，专注于一种冒险的惊心动魄，安全走出才是王道。

又停下了，我们下车看草原情况，草漫到腰部，从我们轧倒的路上横劈去路。我们脚下踏倒的绿草毫不气馁，摇摇晃晃又站起来，一双脚垂直的力征服不了一棵草站起的决心。踏就踏了，九牛一毛，马蹄子能踏，人为什么不能踩踏。人是人，马是马，人不能没有敬畏之心。

如果为了使命……

我这么想着。或者善于仰望和发现的本性。多年以来，做祁连山生态修复与保护工作，势必会闯入圣地。当带着充分的理由，正大光明地闯入时，我已经冒犯了圣地。这样储存生机的地方应该是禁地，她的人民只有针茅、披碱草、紫苑、穗蓼、沙参……当然还有狍鹿、狼和旱獭。当我这样想时，围栏立柱上落了一只戴胜鸟，旁边还有一只麻雀。它们落在一新一旧两道刺丝上，仿佛那是安全支点。我突然意识到，在这无边无际的草原上，围栏也是飞鸟落脚的支点，比鹰墩招来的"移民"丰富多了。"有心栽花花不开，无心插柳柳成荫"，在荒旱的草原，修了那么多鹰墩，真正落下的鹰，又有几只呢。

我走近戴胜鸟时，麻雀飞了。我走得很慢，不制造出不安全的信号，戴胜鸟没有怕的意思，只是左右转动着头，大概确定是凶是吉。我打开相机，拉近距离，看到戴胜鸟的喙很长，像尖锐的锥子，绝对有一针见血的功夫。与喙相长的头顶羽冠十分漂亮，依次分布着五个黑点，像是浓墨重彩的智慧，要从羽冠翘到天上。头到颈部沙粉红色，翅架以下黑白条斑。腹白，寥有黑羽。爪大，指甲如其喙，下弯。我拍了无数张照片，它没有飞走。它不住地转动着脖子，喙与羽冠或一根横线，或一根竖线，或一个点，为我指向祁连，有意让我看那风化岩。郝队长说："我们这里这样的鸟儿很多。"但今天这只戴着王冠，王者不惊，旁边的麻雀飞走了，漂亮的戴胜鸟一直落在那里。

又走了一程，正要停车，突然看到不远处一群狍鹿在吃草。听到有人来了，警觉地挤到一起，做好了飞跑状。除非我们坐在车里，熄火的声音惊飞了狍鹿，只见它们箭一般的射程飞过围栏，瞬间就被草淹没了。

多么幸运，今天见到了狍鹿和戴胜鸟，加上夜晚出动的其他动物，这里显然是一个动物世界。草地上有脚印，深深地藏在绿草深处，踏下了停留的旋涡。是鹿的脚印。郝队长说。也有其他动物，这里的夜晚热闹得很。我们问他，雪豹会到这里来吗？他说，如果山里没有吃的，雪豹当然会来这里。现在生态好了，生物链逐渐恢复，雪豹有了吃的，轻易不会出山，这样反而越来越安全了，所以雪豹到不了这里。当然，如果雪豹追寻食物误入歧途，一直追到这里，只要肚子吃饱，又会乖乖回去睡觉。我明白了一场很少受野兽干扰的原因，因为到处都是动物，野生动物除外，马牛羊也是一道防护墙。

草太深了，这么深的草，冬天会被雪覆盖吗？覆盖了动物吃什么？我们又一次展开讨论。这几年冬天雪少，基本不存在问题，倒是春天雪多也厚，把草压了得送饲料。饲料就是青干燕麦，公家和私人牧场都得储存。到了春天下雪，一旦草被压了，谁家都得往牧场里送青干燕麦，不说吃饱，起码得保证牲畜不要饿坏。牲畜和人一样，饿上三天就饿垮了，饿到七天就危险了。就这几年春雪多了，前几年春天干旱，也不存在这些问题。任何事情有好有坏，雪多了牧民工作挑战性加大，但对于整体生态却是好的。所以人要不断适应生态环境，提高不同环境下的生存能力。对于牧民来说，春雪比冬雪好，草原水分储备充足，春天比冬天暖和，受罪少。对于野生动物也是好的，冬天祁连山只有山顶有雪，山下植物没有被覆盖，动物基本在山下。到了春天，山下也被覆盖，那么淌水的河边融化得快，依然有吃的可以果腹。春雪比冬雪化得快嘛，一般最多三天就化开了，再说春天气温回升了，人也没有冬天那么受罪。

放牧对草原生态也很重要，草原草性需要放牧，动物嘴唇和蹄子刺激草的更新换代。如果动物不介入其中，随着生态越来越好，草势茂密，防火安全会出现问题。即使人为防护再好，自然高温的不确定性也是一大隐患。马场草原这几年牧草过剩，假如三年不放牧，不但影响植被正常生长，而且容易造成火灾。地球温度在普遍升高，河西走廊的气温已经不是五年前的平均温度，我们该不该防患于未然？

因此，过度禁牧也是一种恶性循环，因地制宜，遵循当地自然变化。山丹马场自古放牧，天生就是马牛羊的天堂，马牛羊也是生态的一部分，不仅仅因为牧民生存，同时也是牧区自然性需要。

我要送郝队长回队部，给他们办公室提天花板的人来了，那简易的老房子，只能提个金纸天花板，石膏和 PVC 成本高，也不配那老房子了。到一个围栏门口，马群已经"午休"了，大多数睡在地上，只有几匹站着休息，或是执勤？我们打开围栏门缓慢驶出车来，试探着马儿让条去路。睡着的马不动，站着的马走过来一匹看车里的我们，车立马停下，我问郝队长怎么会这样。他说："这是人家的地盘。"

我说："难不成看我们的马是想看看我们是谁。"

郝队长说："也有可能。"

我说："可它们只认识你。"

郝队长说："不要紧，你们也是保护草原的人，又不伤害它们，看一看就走开了。"

我始终没有鸣喇叭，我不想惊动它们，只要能走过去就 OK 了，让它们该睡睡，该站站。果然，看我们的马大概觉得无趣，慢慢悠悠走一边去了，我慢慢驶动车行，睡着的马儿支起前腿站了起来，然后走到一边，给我们让出去路。

小马驹也是，学着妈妈的样子俨然一副君子气质，走到一边，回头看看我们，我真想把它带到车上。一匹匹马起身让路，我们走在马让出的路上，我认出了水泉子的那个方向。今年雨多，水泉子一定水多，原来像渥洼水一样的水泉子边，常常出现的马群藏在这里，难道正如郝队长说的，这里是它们的地盘。

周浩他们吃车上的馍馍和水果，吃完抓紧干活儿，以免突然下雨，完不成今天的任务。我送下郝队长去超市买烧盒子，二场家属院的老奶奶们让我带二十几个，其中一位要十个，托另一位老奶奶给我叮嘱了三次，她本人瘫痪在床，女儿伺候着。烧盒子要给女儿家几个，女儿有事来不了时，她就吃烧盒子，听说她吃不腻，比女儿蒸的馍馍好吃。女儿不会蒸馍馍，放进锅里啥样取出来还是啥样，放干了咬不动。烧盒子好吃，无论实心原味的，还是糖心油卷的，一吃就停不下来，吃上胃里也舒服，还耐饿。平时没人去一场，想吃的时候买不上。反正二场凉，装塑料袋里扎紧了一两天不变味。放冰箱冷藏上更好，大多数人都这么放，不影响味道。

买烧盒子时，周浩打来电话，说发电机的油管烂了，一发电就漏油，影响飞防进度。他让我在一场街上找找，看有没有修摩托的，那个油管和摩托车的油管一样。我问超市老板街上有没有修摩托的，他说就在他们隔壁。我出来看，门口放着两辆旧摩托，门却锁着，又回去问电话号码，打了过去。电话那边说，男的在队里忙牲口的事，女的在吃席，半小时后才能回来。我一直等着，快一小时仍没有来，电话也打不通了。我一筹莫展，问超市门口的几个人："二场有修摩托的吗？"他们不知道，说总场也不一定有，因为驻场人少，养活不住修理铺。完了，万一没有就要进城了，九十公里路，但愿到哪个乡镇能买上。那几个人也为我着急，说："一个油管几块钱，跑那多路干啥？"说着，就从修理铺门口的旧摩托上给我拔了一个，约二十厘米长，五号电池那么粗。也太容易拔了！我高兴极了，拜托他们将钱转交。但他们不确定卖多少钱，五块还是六块，得主人说了算。我要放下十块，他们不要，让我见到主人亲自交。

我只好先去送油管。突然接到王延电话，说阿克塞县哈尔腾草原的灭鼠项目近期开工，马场的灭虫完了要去哈尔腾，希望马场不要误工。

还好，没有耽误飞防进度，紧紧张张飞完了那片区域。待我们收工走出草原，太阳已经落山了，摩托修理铺的门仍然锁着。第二天又去，仍没有开门。下午竣工，我们回了县城。我欠下马场一场一根油管，我们把它带进了自然。

2022 年 9 月 3 日初稿
2023 年 9 月 6 日二稿